Friedrich Wilhelm Gotter

Gedichte von Friedrich Wilhelm Gotter

Erster Band

Friedrich Wilhelm Gotter

Gedichte von Friedrich Wilhelm Gotter
Erster Band

ISBN/EAN: 9783743333758

Manufactured in Europe, USA, Canada, Australia, Japa

Cover: Foto ©Andreas Hilbeck / pixelio.de

Manufactured and distributed by brebook publishing software
(www.brebook.com)

Friedrich Wilhelm Gotter

Gedichte von Friedrich Wilhelm Gotter

Gedichte

von

Friedrich Wilhelm Gotter.

Erster Band.

Gotha,

bey Carl Wilhelm Ettinger,

1787.

Orest und Electra.

*Wenn dich die Menschen fliehn, wenn dich
die Götter hassen,
Orest- ich bin dein Freund.*

Vermischte Gedichte.

Vorrede.

Bey der Ausstellung seiner ersten Versuche, gibt die Jugend einem jeden Verfasser, wenn er nicht ganz von Talenten entblößt ist, allgemein anerkannte Ansprüche auf billige Beurtheilung. Aber wenn seine Eigenliebe diese Ansprüche mißbraucht, wenn er Schonung für Beyfall und Nichtabschrecken für eine Auffoderung nimmt, die unreifen Geburten seiner Muse zu ganzen Bänden in die Welt zu schicken; so läuft er Gefahr, die Nachsicht des Publikums zu ermüden, und um so strenger behandelt zu werden, je höher gespannt die Erwartungen waren, die man von der künftigen Entwickelung seiner Fähigkeiten gefaßt

hatte. Diese Betrachtung, deren Richtig-
keit sich durch täglich neue Beyspiele bestä-
tigt, hat es mir zur Pflicht gemacht, die
Sammlung meiner, in verschiedenen pe-
riodischen Schriften zuerst erschienenen,
Gedichte bis zu dem Zeitpunkte auszuse-
tzen, wo ich ihren Mängeln, wenigstens in
Rücksicht auf Ausdruck, Korrektheit und
Wohlklang, nachzuhelfen, und ihnen eine
kleine Auswahl noch nicht bekannter, neuerer Stücke beyzugesellen, im Stande war.

Keine Dichtungsart kann des äußern
Schmuckes weniger entbehren, als die soge-
nannte leichtere, deren Gegenstände sich
auf sanfte Empfindung, feinen Spott und
faßliche Philosophie des Lebens einschränken.
Die Ursache liegt am Tage. Je kleiner ein
Gemälde ist, um so mehr fällt jede Vernach-
läßigung des Detaills ins Auge. Wenn der

hohe lyrische, oder epische Dichter Sprache
und Kritik, |als Sklavinnen, an seinen
Triumphwagen fesselt; wenn er Dunkelheiten der Einkleidung durch Kühnheit der Gedanken, und Licenzen, die ein zartes Ohr be-
leidigen, durch Zauber der Phantasie vergessen zu machen weiß; so verfehlen das
Lied, die Epistel, die Erzählung u. s. w.
ihres Zwecks in eben dem Verhältnisse, als
sie sich von Sorgfalt des Versbaues, von
Bestimmtheit des Sinnes, und von jener
ungekünstelten Geschmeidigkeit und Grazie
der Dikzion entfernen, durch welche sich die
flüchtigen Gedichte der Franzosen vor den
ähnlichen Arbeiten aller neuern Nationen
auszeichnen. Das Genie macht in jeder
Gattung Ausnahmen; aber seine Verirrun-
gen sind keine Muster; und wenn hirnlose
Nachahmer die Poesie zur Bänkelsängerey

herabwürdigen, geben sie sich früh oder spät dem Gelächter preis.

So sehr es seit einiger Zeit Mode geworden ist, das dichterische Verdienst der Franzosen zu verschreyen; so wenig trage ich Bedenken, den Einfluß hier dankbar zu bekennen, den eine lange Bekanntschaft mit diesen liebenswürdigen Schriftstellern auf die Bildung meines Geschmacks gehabt hat. Die unverkennbaren Belege dieses Geständnisses in der vorliegenden Sammlung selbst aufzusuchen, überlasse ich der Belesenheit eines Jeden, so wie seinem Scharfsinne, den Werth oder Unwerth derselben zu bestimmen.

Inhalt.

Inhalt.

I.

An meine Freunde.

1768.

Ich sah die Welt — mir sangen keine
Musen,
Mir düftete nicht Paphos Myrtenhain;
Doch sog ich, an der besten Mutter
Busen,
Bewunderung des Schöpfers ein;

A

Und heißen Dank, daß er, sein Lob
zu melden,
Auch mich auf diesen weiten Schauplatz rief,
Aus jenem Staube, wo ich unter Helden
Und unter Hirten fühllos schlief;

Auch lehrte sie mein Herz, die Menschen
lieben,
Die, arm und reich, stets meine Brüder
sind;
Und edlen Drang, Erbarmen auszuüben,
Dem Reiz des Eigennutzes blind;

Und Sanftmuth, Andrer Fehler zu er=
tragen,
Nicht zu verdammen aus ererbtem Wahn;
Und Muth, mein Leben für den Freund zu
wagen,
Wenn ich für ihn nicht leben kann;

Und o! die Kunst, bey ländlichrohen
Speisen
Der Fürstentafeln eitlen Ueberfluß
Froh zu entbehren; wie die alten Weisen,
Sich gleich zu bleiben im Genuß.

Da sah den Jüngling eine Muse
blühen,
Gewann ihn lieb, goß in sein weiches Herz
Gefühl, bey ihren Chören zu entglühen,
Und neue Freude, neuen Schmerz,

Bey schönerträumten Bildern, zu em-
pfinden —
Wenn Freundschaft über einer Urne klagt,
Sich Liebende, in Wüsten, wiederfinden,
Der Held in Fesseln nicht verzagt.

Nun wagt er gar, die Laute selbst zu
schlagen,
Allein sein kleines Lied wird nicht empor
Verwegen fliegen an des Donnrers Wa-
gen —
Es säuselt um der Freundschaft Ohr.

Bescheiden rieselt so durch Blumenpfade
Der kleine Bach, von stolzen Flüssen fern;
Doch wählen ihn zum zeugenfreyen Bade
Die Grazien und Daphne gern.

II.

Die Freundschaft.

1772.

Weil Tugend nicht, noch Geistesgabe
Den Eigensinn des Schicksals rührt,
Das uns den kurzen Weg zum Grabe
Durch Blumenflur und Wüste führt,
Weil alles hier den Wechsel fühlet,
Das Glück mit unsern Wünschen spielet,
Das beste Herz sich oft verirrt
Und seines Irrthums Opfer wird;

Soll ich mit finsterm Blick und träge,
Tief in mich selbst verhüllet, gehn;
Nicht Blumen pflücken, die am Wege
Sich düftend mir entgegen blühn?
Vorübereilend froftig grüßen
Den guten frommen Wandersmann;
Nicht freundschaftlich mich an ihn schließen,
Und, ach! so lang ich immer kann,
Das Glück, ein Mensch zu seyn, ge-
nießen?

Erfindungsreich zu ihrer Qual
Ist die Vernunft, die dieß befahl.
Zum Vorrecht ward sie uns gegeben;
Doch ach! indem wir uns durch sie
Vor allen Thieren stolz erheben,
Verbittern wir uns selbst das Leben
Und erndten Gram für unsre Müh.
Ein guter Gott hat nicht vergebens
Gestreuet Freuden ohne Zahl

Auf die bedornte Bahn des Lebens;
Er läßt von allen uns die Wahl.

Hier beut der Reichthum seine Schätze;
Dort zeigt der Ruhm uns goldne Plätze,
Noch unerfüllt im Götterchor;
Auch steigt im lachenden Gefilde
Der Tempel Amors dort hervor;
Daß er sein rohes Herz zur Milde,
Zur Anmuth seine Sitten bilde,
Eilt flatternd ihm der Jüngling zu;
Ihn suchet lächelnd selbst der Weise,
Und sammlet hier, durch kurze Ruh,
Sich neue Kräfte zu der Reise.
Ruhm, Liebe, Reichthum weicht zurück!
Erhabne, sanfte Seelen finden,
Sich sehen, Sympathie empfinden,
In Einem heitern Augenblick
Auf Ewigkeiten sich verbinden;
Dieß ist der Menschheit erstes Glück,

Und dieses nur kann mich entzünden!
Es ist so reizend, seinem Pfad
In Wüsten, die kein Fuß betrat,
Mit einem Freunde nachzuspüren;
So reizend, mit geschlungner Hand,
An einer gähen Tiefe Rand,
Auf morschen Stegen sich zu führen;
Dem Dürstenden, aus hohler Hand,
Den ersten Labetrunk zu bringen;
Wenn Stürme gegen Stürme ringen
Und Wanderern Verderben bräun,
Mit ihm des Mantels Schutz zu theilen,
Und in dem schauervollsten Hain,
Wo Räuber lauern, Wölfe heulen,
Beym Mittagsstral, bey Mondenschein,
Durch Unschuld sicher zu verweilen;
Noch reizender, des Schöpfers Macht
Mit der Musik des Hains zu preisen;
In einer hohen Linde Nacht

Am Tische der Natur zu speisen;
Bey jedem müherfüllten Gang
Sich zu ermuntern mit Geschwätzen,
Und, unter freudigem Gesang,
An kühle Bäche' sich zu setzen.

O Freundschaft, erstgebornes Kind
Des liebevollesten der Wesen,
Süß, wie die Träume vom Genesen
Dem hofnungslosen Kranken sind!
O, dieses Lebens Labyrinth,
Was wär' es ohne dich? Verbreite
Dein mildes Licht auf meinen Schritt!
Stolz auf dein göttliches Geleite,
Geh' ich, wohin du führest, mit.
Als Knaben hast du mich getragen,
Als Jüngling warnend mich gelenkt;
Erbarmt hast du dich meiner Klagen,
Auf Wunden, die du mir geschlagen,

Mit neuen Freuden mich getränkt.
Dich will ich im Genuß verehren,
Dir will ich danken im Verlust;
Es stillen sich des Abschieds Zähren
An eines neuen Freundes Brust;
Oft, wenn das wunde Herz noch blutet,
Führt den Gefährten unvermuthet
Ein Umweg wieder auf uns zu;
Die frühe sich verloren hatten,
Begegnen sich im Abendschatten,
Und gehen Hand in Hand zur Ruh.

Ihr, meiner Wallfahrt erste Wonne,
Ihr Edlen, die mein Arm umschloß,
Als noch auf uns die Morgensonne
Ihr allbelebend Feuer goß,
Vergebens grüßet euch mein Seegen,
Vergebens wallt euch meine Brust,
Streckt sich, zur süßgewohnten Lust,

Mein Arm dem eurigen entgegen!
Ihr seyd zerstreut! Auf fernen Wegen
Muß ich, ein Spiel des Schicksals,
                      gehn?
O! werd' ich in den dunklen Gründen,
Durch die sich meine Schritte winden,
Nicht Einen von euch wiedersehn?

III.

Pflicht und Liebe.

1 7 7 4.

Du, der ewig um mich trauert,
Nicht allein, nicht unbetrauert,
Jüngling, seufzest du;
Wann vor Schmerz die Seele schauert,
Lüget meine Stirne Ruh.

Deines nassen Blickes Flehen
Will ich, darf ich nicht verstehen;
Aber zürne nicht!
Was ich fühle, zu gestehen,
Untersagt mir meine Pflicht.

Unbekannt mit Reu' und Leide,
Wie die Lämmchen auf der Weide,
Spielten ich und du.
Jeder Tag rief uns zur Freude,
Jede Nacht zur sanften Ruh.

Ewig sind wir nun geschieden!
Damon, liebst du Philaiden,
Fleuch ihr Angesicht!
Nimm ihr nicht der Tage Frieden,
Und der Nächte Schlummer nicht!

Freund, schweif aus mit deinen
Blicken!
Laß dich die Natur entzücken,
Die dir sonst gelacht!
Ach, sie wird auch mich beglücken,
Wenn sie dich erst glücklich macht.

Trauter Jüngling, lächle wieder!
Sieh, beym Gruße froher Lieder,
Steigt die Sonn' empor!
Trübe sank sie gestern nieder;
Herrlich geht sie heut' hervor.

IV.

Laura
am Morgen nach ihrer Brautnacht.

1769.

Ein wenig blaß, doch schön, wie die be:
lohnte Liebe,

Vom süßesten der Träume kaum erwacht,

Schleicht sie zum Garten; doch ist für des
Morgens Pracht

Ihr schmachtend Auge noch zu trübe.

Ihr Damon sieht ein Kind der letzten Nacht,

Ein Röschen, eilt, und bringt es ihr, und
lacht,

Und küsset sie, und spricht: O Laura, mei:
ne Liebe!

Wann bringst du mir ein Kind der letzten
Nacht? .

V.

Du und Sie.

1 7 7 3.

Wo blieb die Zeit, die seelige,
Ach, Röschen, als Du, ganz Natur,
Gehüllt in deine Grazie,
Vom Putze fern, von Amorn nur
Begleitet, schüchtern wie ein Dieb,
Geschlichen, in der Dämmrung, kamst,
Den Himmel in mein Stübchen brachtest,
Dich zu mir setztest, und verließ

Mit einer armen Mahlzeit nahmst,
Die Du zum Göttermahle machtest;
Dann bey der Herzen süßem Tausch,
Vergnügen gabest und empfingest,
Und mich, in meines Glückes Rausch,
Einschläfertest und hintergingest.

Du wußtest nichts von Gold und Ehren
In jener unschuldvollen Zeit;
Doch gab der Götter Gütigkeit
Dir, Rang und Schätze zu entbehren;
Ein Seelchen, ohne Sorg' und Harm,
Das leicht auf Rosenflügeln schwebte,
Ein Herz, das, liebereif und warm,
In einem weißen Busen bebte,
Ein zauberisches Augenpaar,
Und sechzehn oder achtzehn Jahr.
O, wenn sie so viel Anmuth schmücket,
Wenn ihr die Schelmerey so glücket,

B

Welch Mädchen ist kein Schmetterling,
Kein Schalk? Du warst es, süßes Ding,
Und (Amor schenk's mir armen Sünder!)
Ich liebte Dich darum nicht minder.

Madam, Ihr Loos voll Herrlichkeit
Und voll Tumult, wie himmelweit
Ist's nicht vom wonnereichen Frieden,
Der damals Sie umschloß, verschieden!
Der Schweitzer dort, der, grau und breit,
Von Ihrer Thüre niemals weichet,
Stets lüget, ist ein Bild der Zeit.
Mich dünket, Röschen, er verscheuchet
Der Lieb' und Freude Götterchen:
Sie traun sich nicht mehr in Ihr Zimmer,
Sie fliehn der großen Spiegel Schimmer,
Die armen, nackten Kinderchen!

Ach! wie sie in Dein Kämmerchen

Sonst durch zerbrochne Scheiben schlüpften,
Und gaukelnd um Dein Bettchen hüpften!

Nein, dieser glänzende Pallast,
Madam, voll persischer Tapeten;
Der Thronenhimmel von Damast,
Wo, troß dem Zauberschall der Flöten,
Die Langeweile Ihrer harrt;
Der Nachttisch, der von Silber starrt;
Die goldlakirte Staatskarosse,
Sammt jener bunten Leutchen Trosse,
Sammt jenen Schäcken, die sie ziehn;
Die Meißner Vasen und Statü'n,
Die dort auf dem Kamine prangen;
Die wollustreichen Schildereyn,
Die über allen Thüren hangen;
Die Aeffchen, Hündchen, Papageyn,
Die Sie mit eignen Händen füttern;
Die Kronenleuchter von Demant,

Die schwer an Ihren Ohren zittern;
Die Perlenfesseln um die Hand —
All dieser Prunk, all dieser Tand,
Bedürfnisse des Ueberflusses,
Die jezt Ihr kaltes Herz verehrt;
Sie sind fürwahr nicht Eines Kusses,
Den Du mir damals gabest, werth.

VI.

Prolog.

1771.

Zu wollustreichen Phantasie'n,
Zu Freuden, welche schöne Seelen
An unsichtbaren Ketten ziehn,
Daß alle Sorgen, die sie quälen,
Auf Fittigen der Winde fliehn,
Daß ihre starren Blicke glänzen,
Ihr Busen klopft, die Wange glüht,
Und nah' an der Unsterblichen Gebiet

Die dichtrischen Ideen gränzen;

Zu allem, was Natur vermag,

Wenn ihr die Kunst die Hände bietet;

Kurz zur Illusion — sie, die uns manchen
Tag

Verkürzt, vor Ekel uns behütet,

Und Reiz und Mannichfaltigkeit

In dieses Einerley von Müh' und Kummer
streut!

Ein Augenblick, den sie gewähret,

Gilt eine lange Wirklichkeit,

Und ach! wer ihrer stets entbehret,

Der muß in dieser Pilgerzeit

Mehr, als wir andern Menschen, gähnen! —

Zu ihren wundervollen Scenen,

Ihr Freunde, laden wir euch ein;

Und bringet ihr ein Herz, geschaffen zum Empfinden,

So soll es uns, dieß Herz zu lenken, zu
entzünden,
Das süßeste Geschäfte seyn.

Wir wechseln, wie's im Leben pflegt zu
gehen,
Das Frohe mit dem Ernsten ab;
Wo Hirtenreihn ein Mayenfest begehen,
Da warnt sie hinterm Rosenstrauch ein Grab.
Ihr alle kennt den Ort, wo Freud' und
Schmerz entstehen;
Ihr Bette theilt ein Blumenrand nur ab;
Beym kleinsten Sturm vermischen sich die
Wellen,
Durch Sympathie verwandt;
Und weh dem Sterblichen, der Eine dieser
Quellen
Sich zu verschließen unterstand!

Die Menschheit läßt sich nicht ihr süßes
Vorrecht nehmen.

Wild ist der Blick, der nie in Thränen
schmolz,

Und ihrer sich zu schämen

Ist Leichtsinn oder Stolz.

Zu neuer Kraft gedeiht dem Geist ein wenig
Grämen;

Doch, wie der Magen durch Confekt,

Wird er geschwächt durch allzuvieles Lachen,

Er darbt im Ueberfluß von tausend schönen
Sachen,

Wählt und verwirft, und weiß nicht, was
ihm schmeckt.

O, wenn nur Einen Trieb, der Euch
im Busen schlief,

Der Muse Silberton zu edlen Thaten rief;

Wenn ihr, von dem Gefühl des Elends noch
durchschauert,

Mit Einem Leidenden getrauert;

Wenn, von der Tugend Ideal entglüht,

Ihr unermüdet euch ihm gleich zu seyn

bemüht,

Dem Narren, den ihr hier im Konterfey be=

trachtet,

Im Leben duldsam wicht, und dachtet:

Die Welt ist groß genug für mich und ihn;

Wenn ihr Vapeurs und Wetterlaun' und

Spleen

Bey deutschem Witz und deutschen Melodie'n

Weg aus dem deutschen Busen lachtet;

So war der kleine Zoll, den ihr der Muse

brachtet,

Ein Kapital, auf Wucher ausgeliehn.

VII.

Der Frühling.

1769.

Des Winters Hülle deckte
Nicht mehr die öde Flur.
Der Hauch des Lenzes weckte
Die schlafende Natur:
Es wurden schon die Schatten,
Es duftete der Pfad,
Den Flora mit dem Gatten
Jüngst, Hand in Hand, betrat.

Blauäugige Amöne,

Ertönte mein Lied,

Verändert ist die Scene,

Der rauhe Winter flieht;

Kein Nordwind drohet weiter

Der zarten Haut Gefahr,

Ein West, wie du so heiter,

Spielt um dein blondes Haar,

Des Frühlings erste Blume,

Komm, suche sie mit mir!

Zu Venus Heiligthume

Bring' ich sie dann mit dir,

Daß sie das Denkmal kränze

Des Dichters, dessen Lied

Unsterblich, gleich dem Lenze,

Dem er es weihte, blüht.

Dann schleichen wir zur Laube,
Bey meiner Flöte Schall;
Dort girrt die Turteltaube,
Dort ächzt die Nachtigall.
Dort wollen wir im Kühlen,
Des Neides Aug' entrückt,
Die Macht des Gottes fühlen,
Der alles neu beglückt.

Sie theilte das Verlangen,
Das meine Brust empfand;
Es glüht' auf ihren Wangen,
Es schlug in ihrer Hand.
Doch schnell benetzten Zähren
Den unruhvollen Blick;
Mit jungfräulichem Wehren
Zog sie die Hand zurück.

Du weigerst dich, Amöne!
Ist's Mißtraun? ist es Scherz?
O' trockne diese Thräne!
Du kennest Damons Herz!
Auch in verschwiegnen Lauben
Ist's, wie die Quelle, rein,
Und ohne Falsch, wie Tauben,
Und ganz, Amöne, dein!

VIII.

An zwey Brüder.

1 7 6 9.

Geliebtes Brüderpaar, den edlen Tynda-
riden
An Jugendkraft und Muth und treuer Freund-
schaft gleich;
Euch sey vom Vater Zevs ein beßres Loos
beschieden;
Genießt des Lebens Glück in ungestöhrtem
Frieden;
Und wenn euch Roß und Wein und Nym-
phen einst ermüden,
Schifft nach Elysium zugleich!

IX.

Tarquin und Lukrezia.

Romanze.

1769.

Da, wo der Tiberstrom sein Gold
Durch Au'n, die immer grünen,
In hundert Labyrinthen rollt,
Vertieft' ich mich, eh ich's gewollt,
In schaurigen Ruinen.

Da fand ich eine Schilderey,
Halb von der Zeit verzehret.
Ich rieth nicht lange, was es sey;
Auf einem Täfelchen dabey
War alles treu erkläret.

Ihr Herren Knaben groß und klein,
Ihr kennt dieß Abentheuer;
Euch Schönen, denen kein Latein
Schulmeister in die Köpfe bläun,
Euch sing' ich's in die Leyer.

Einst war ein schönes Weib, genannt
Lukrezia, die Keusche.
Tarquin, ein Prinz in ihrem Land,
War schön, wie sie; doch sein Verstand
Macht' eben kein Geräusche.

Gefühlvoll war Lukrezia,
Wenn Pflichten sie nicht banden;
Tarquin entbrannt', als er sie sah; •
Nur! war's ein Unglück, siehe da!
Daß sie sich nicht verstanden.

Von Liebe heiß, berauscht von Wein,
Gesalbt wie Nachttischhelden,
Drang er einst in ihr Zimmer ein;
Vorzimmer pflegten nicht zu seyn,
Auch ließ man sich nicht melden.

Sie stutzt, setzt sich in Positur,
Und eilt mit stolzen Schritten
Nach ihrer Klingel; hätte nur
Der Schalk nicht insgeheim die Schnur,
Aus Vorsicht, abgeschnitten.

C

———

Er schwört ihr unverfälschte Treu,
Er stellt sich fromm und ehrlich,
Und sinkt auf beyde Knie dabey;
Man sagt, in dieser Stellung sey
Ein Jüngling sehr gefährlich.

Jetzt trotzt er ihrem Ach und Weh,
Trotzt auf der Thüre Riegel;
Sie fällt im Kampf auf's Kanapee,
So schwer ist's, daß man sicher steh'
Auf Boden, glatt wie Spiegel.

Wenn wir die Ehrfurcht so entweihn,
Schweigt nie ein Weibchen stille;
Doch der muß doppelt strafbar seyn,
Dem ihre Blicke nicht verzeihn
In des Vergnügens Fülle.

Lukrezia, zu treugesinnt,
Ist ihrer Wuth nicht Meister.
Sie bringt sich um vor Schaam, das Kind!
Heil unsrer Zeit! Die Damen sind
Nicht mehr so schwache Geister.

X.

Ueber
Kästners Lobrede auf Leibnitz.

1769.

Den Galliern, die ihn gekrönet hatten,
Rief mit umwölktem Blick Leibnitzens
    großer Schatten:
Weg mit dem Lorberzweig, von Fremden mir
    gereicht!
Ein Deutscher lobe mich, der mir am Geiste
    gleicht!
Da lobte Kästner ihn, da lächelte der
    Schatten.

XI.

Sinngedicht von H. Kästner
über den Eintritt der Venus in die
Sonne.

Göttingen, den 3. Junius, 1769.

Fürwahr ich thäte selbst, wenn ich
Cytheren hätte,
Was Phöbus jetzo thut — er geht
mit ihr zu Bette.

XII.

Antwort

bey der Durchreise der königl. Braut von Preußen.

Göttingen, den 11. Jun. 1769.

***

Die jugendliche Cypris hätte
Bey Phöbus jüngst dein scharfer Blick
   gesehn?
Erst heute sah ich sie zu seinem Rosenbette,
Geleitet von Minerven, gehn.

XIII.

Die Liebe.

1780.

———

Ach, was ist die Liebe
Für ein süßes Ding!
Sorgenlos, wie Kinder,
Führt sie uns durchs Leben.
Unser ganzes Leben
Flieht mit ihr geschwinder,

Als uns ohne Liebe
Sonst ein Tag verging!
Ach', was ist die Liebe
Für ein süßes Ding!

Ach, was ist die Liebe
Für ein süßes Ding!
Muth gibt sie zur Arbeit,
Hilft sie uns verrichten.
Eine Blumenkette
Werden unsre Pflichten,
Und am Thron der Liebe
Hängt der Kette Ring.
Ach, was ist die Liebe
Für ein süßes Ding!

Ach, was ist die Liebe
Für ein süßes Ding!

Unsre Seele hebet

Sich auf ihrem Flügel,

Unsre Seele schwebet,

Neu von ihr belebet,

Ueber Thal und Hügel,

Gleich dem Schmetterling.

Ach, was ist die Liebe

Für ein süßes Ding!

XIV.

Epistel

An Herrn und Frau von St.
als sie sich auf ihre Güter zurückzogen.

1 7 7 3.

Wie ein Roman, von zehn bis zwanzig
Tomen,
Der uns von Feyn und Zauberern und
Gnomen,
Die einem treuen Paare nachgestellt,
Zur Besserung von Herz und Sitten uns
terhält;

Uns lehret, wie sich die Verliebten

Viel Jahre lang in der Geduld,

Der besten Erdentugend, übten;

Auf eines guten Gottes Huld,

Der fromme Liebe schützet, harrten;

Und bald im wohlverwahrten Garten,

(Der Held schlich durch die Hinterthür hinein)

Wenn alles schlief, bey Mondenschein

Sich sahen, seufzten, wenig sagten;

Bald, mittelst der Verschwiegenheit

Von einer Zof', ihr Herzeleid

Herzbrechend sich in Briefen klagten,

Und Gut und Blut, die Wachsamkeit

Der Hüter zu betriegen, wagten;

Und wie sie neue Süßigkeit

Selbst in dem Widerstande fanden,

Sich täglich heiliger verbanden,

Je mehr sie Schwierigkeiten sahn;

Wie solch ein nützlicher Roman

Fing Eure Liebe sich einst an.

Doch nach Verlauf der ersten Bände,

(Eh' noch von einer Räuberschaar,

Von Blut, Entführung, von Gefahr

Zu fallen in Korsarenhände,

Und daß, nach Sturm und Schiffbruch,

      ein Barbar

Auf wüster Insel die Geliebte schände;

Von Fieber, Ohnmacht, Todtenbaar

Und Thurmeinsperren Rede war;)

Da hüpftet ihr geschwind ans Ende

Und wurdet glücklich; seyd's; und eilt,

Das Loos, das euch der Himmel zugetheilt,

In einer Freystatt zu genießen,

Wo Ruh' und Einfalt euch umschließen

Und nur die Liebe mit euch weilt;

Die Liebe, die dem falschen Schwarme

Des Hofes gern entsagt, der ganzen Welt

      vergißt,

Und sich in ihres Abgotts Arme
Die Welt, der Himmel ist.

Ich, den umher im Kreis von Wünschen,

Planen, Zielen,

Ein Wirbelwind zu lange rastlos trieb,

Mißgünstig würd' ich hin nach eurer Freystatt

schielen,

Wenn (gönnt mir diesen Trost!) wenn Hoff=

nung mir nicht blieb',

Einst mein Romänchen auch so glücklich aus=

zuspielen.

XV.

Belinde.

1786.

Vom Kopfe bis zum Fuß ein Bild der
neusten Mode,
Verwundert sich Belinde fast zu Tode,
Daß Niemand sie bemerkt, daß Niemand
von ihr spricht.
Belinde, bringe dein Gesicht,
Ach, dein Gesicht! erst wieder in die Mode.

XVI.

Blaubart.

Romanze.

1771.

Blaubart war ein reicher Mann,
Hatte Haus, und Hof, und Garten,
Schmaußte, zechte, spielte Karten,
Lebte wie der Tartarchan.

Stark war seines Körpers Bau,
Feurig waren seine Blicke,
Aber, ach! ein Mißgeschicke!
Aber, ach! sein Bart war blau.

Doch durch seines Goldes Kraft
Trieb er jedes Herz zu Paaren,
Und schon zwanzig Weiber waren
Durch den Tod ihm weggerafft.

Er läßt, immer fort zu freyn,
Sich die Mühe nicht verdrießen,
Setzt, den Antrag zu versüssen,
Stets die Frau zur Erbinn ein.

Von zwey Schwestern der Galan
Wird er jetzo; Schmausereyen,
Schauspiel, Ball und Mummereyen
Stellt er ihrentwegen an.

Bietet ihnen Gold, wie Heu. —
Einstens, als sie Kaffee trinket,
Spricht die Jüngste: Hum! mich dünket,
Daß sein Bart so blau nicht sey.

Frisch gewagt ist halb gethan;
Hurtig muß ihn Trulle freyen;
Schauspiel, Ball und Schmausereyen
Gehen nun von neuem an.

Drauf führt er sein Weibchen fort;
Ein Kabriolet mit Sechsen
Bringt, als könnte Blaubart hexen,
Sie an den bestimmten Ort.

Gleich der Feen-Königinn
Lebt hier Trulle, sonder Sorgen;
Vor dem Spiegel geht der Morgen,
Und beym Spiel der Abend hin.

D

An Tapeten, Kanapeen,
Schildereyn, Trümeaux und Vasen
Können Tanten sich und Basen
Stundenlang nicht müde sehn.

Dann kömmt der Bewundrung Reih,
An den Schatz von Küch und Keller;
Ungekostet bleibt kein Teller,
Und kein Glas geht voll vorbey.

Ja man packt, beym Lebewohl,
Um noch unterwegs zu naschen,
Mit Konfekt und Wein die Taschen
Und die Mantelsäcke voll.

Unter manchem tiefen Knicks
Wird die ältre Schwester Aennchen,
Fromm und sittsam, wie ein Nönnchen,
Täglich Zeuginn ihres Glücks.

Da ſah man kein böß Geſicht;
Täubchen! hieß es nur, und: Püppchen!
Dann und wann ſchlug Trull' ein Schnippchen,
Doch er that, als ſäh' er's nicht.

Es bewegt ihr Eheſtand
Hageſtolze ſelbſt zum Neide;
Aber Leid folgt oft der Freude,
Großes Glück hat nicht Beſtand!

„Ich verreiſe, ſprach er einſt,
Nimm die Schlüſſel, liebe Trulle!
Zimmer, Kiſten und Schatulle
Stehn dir offen, wenn du meinſt.

Nimm dir einen Cicisbee,
Um dich zu deſennüyiren!
Spiel' im Schachbrett, geh ſpatzieren,
Schaukle dich und trinke Thee!

Flieh die schwarze Kammer nur,
Sonst ist dir der Tod geschworen!„ —
Noch schallt er in ihren Ohren,
So vergißt sie auch den Schwur;

Bricht vor Eile bald das Bein;
Krack! so springen alle Riegel,
Und der schwarzen Kammer Flügel
Oefnen sich; sie wischt hinein.

O, der Gräuel, die sie sah!
Blut in Strömen! todte Leiber!
Blaubarts alle zwanzig Weiber
Hingen, wie Gewehre, da.

Fliehn will sie, zurückgeschreckt;
Angst entstellt Blick und Geberde;
Als ein Schlüsselchen zur Erde
Fällt, und sich mit Blut befleckt.

Was sie sich für Mühe gab!
Zehnmal wischte sie und rieb es;
Blutig war es, blutig blieb es,
Und das Blut ging nimmer ab.

Noch vor Nacht kömmt ihr Barbar,
Fragt mit aufgeworfnem Rüssel:
„Weib, wo hast du meine Schlüssel?„ —
Zitternd reicht sie sie ihm dar.

„Sind es alle? — Laß doch sehn!
Einer fehlet, schaff ihn wieder!„ —
Weinend stürzt sie vor ihm nieder
Und bekennet ihr Vergehn.

„Gut! So weißt du dein Geschick!
Jene dort sind dein gewärtig.
Mache dich zur Reise fertig!
Dein ist noch ein Augenblick! —

Schleppt sie drauf, mit eigner Hand,
In des Hofes innre Mauer,
Wo, in feyerlicher Trauer,
Ein verfallner Wachtthurm stand.

Trulle sträubt sich, zappelt, schreyt:
„Aufschub! Aufschub! Ich will sterben;
Doch die Seele vom Verderben
Zu erretten, laß mir Zeit!„ —

Aennchen läuft, auf ihr Geschrey,
Athemlos zum nahen Thurme;
Schauet, ob dem armen Wurme
Hülfe noch zu schaffen sey.

Er, der auf und niedergeht,
Und den Hut ins Auge drücket,
Spricht, da er den Säbel zücket:
„Bet' ein kurzes Stoßgebet!„ —

Trullen stockt des Blutes Lauf
Beym gezückten, scharfen Säbel;
Schon umringt vom Todes=Nebel
Seufzet sie zum Thurm hinauf:

„Schwester Aennchen, siehst du nichts?„ —
„Stäubchen, in der Sonne drehen,
Und des Grases Spitzen wehen;
Schwesterchen, sonst seh' ich nichts!„ —

„Schwester Aennchen, siehst du nichts?„ —
„Stäubchen fliegen, Gräschen wehen.„ —
„Aennchen, läßt sich sonst nichts sehen?„ —
„Schwesterchen, sonst seh' ich nichts.„ —

Trulle fragt ohn Unterlaß.
Aennchen ruft: „Sey guter Laune!
Dort, beym Hagebuchenzaune,
Reitet man im starken Paß.

Jetzo sprengt man — langt schon an!„—
Trullens beyde Herren Brüder
Kamen von der Beitze wieder
Mit dem schönsten Auerhahn.

Blaubart kriegt den Tod zum Lohn,
Wird gekocht in heisser Lauge;
Trulle kömmt mit blauem Auge
Diesesmal noch so davon.

Weiber bleiben wie sie sind;
Ihre Neugier auszurotten,
Hilft nicht predigen, nicht spotten;
Weiber bleiben wie sie sind!

XVII.

Der Mann, wie es viele giebt.

1786.

„Ich bin ein Muster aller Männer, spricht
Zu seinem Weibe Klas, ich trink' und spiele
nicht,
Noch frohn' ich sonst dem Hange zum Ver-
praſſen;
Und daß mich Zevs bewahre, gegen meine
Pflicht
Ein Weib zu sehn, geschweige zu umfaſſen!„ —
„Ja leider, fällt sie ein, ja leider, guter
Klas,
Dein Fehler ist der Tugend Uebermaas;
Und deine Tugend? — Unterlaſſen.„

XVIII.

Die Tageszeiten der Seele.

1 7 6 9.

Einst kannt' ich nicht der Liebe Macht;
An Daphnens Aug' und Rosenwangen
Blieb nie mein Auge sehnend hangen.
Weh mir! da war es lauter Nacht
In meiner trägen Seele.

Drauf sagte Daphne: wag es nicht
Mir nachzuschleichen in den Garten!
Ich wagt's; sie schien mich zu erwarten.
Wohl mir! da ward es Morgenlicht
In meiner wachen Seele.

Jüngst, als sie unter Rosen lag,
Ließ ich mich furchtsam bey ihr nieder;
Ich küßte sie, sie küßte wieder.
Heil mir! da ward es heller Tag
In meiner frohen Seele.

XIX.

Der Wunſch.

1769.

Könnt' ich ſchlau der Parzen Händen
Die verhaßte Scheer' entwenden,
Oder durch mein heißes Flehn
Ihre Spindel mir gewinnen,
Und mit eignen Händen drehn;
Damon, welche Seligkeit,
Meiner Freunde Lebenszeit
Reich an Freuden zu verſpinnen!
Damon, meiner Seligkeit
Fehlte noch Unſterblichkeit,
Um ohn' Unterlaß zu ſpinnen!

XX.

Jupiter und sein Repräsentant.

1 7 8 6.

———————

An seiner goldnen Tafel sitzt,

Mit Weib und Kind und Baſ' und Vetter,

Der Herr der Menschen und der Götter,

Und schmauſt; und fodert bald den Schutzpa:
                              tron der Spötter

Zu Scherzen auf, bey denen, maulgespitzt,

Frau Juno mit Minerven sich vom Wetter

(Und was drauf folgt) bespricht; bald jagt er,
liederhitzt,

Cytheren selbst die ungewohnte Röthe

Der Schaam ins Antlitz; schielt nach Hebens
voller Brust;

Und wiegt, des Wohlstands unbewußt,

Den Mundschenk auf dem Knie, jetzt frischt
zu neuer Lust

Er sich mit Nektar an, und Cymbel und
Drommete

Und Pauke melden, daß — Zevs trinkt,

Und Profit! seiner Lieblingstochter winkt.

Doch lauter, als die Losung, tönen Klagen

Aus allen Gegenden, die Phöbus Stralen-
wagen,

Auf seinem ewig unverrückten Lauf,

Erwärmt, zum Thron des Weltregierers auf.

Die Klage wird — Geschrey und das Geschrey — Getümmel;

Dem Gott reißt die Geduld. Er flucht, hebt,
voll Verdruß,

Die Fallthür endlich auf, und schaut herab
vom Himmel.

„Krieg in Europa! Pest am Kaukasus!
Und Hungersnoth am Nil! Hier Sturm!
dort wilde Fluten!

Hier wieder ein Volkan!„ — Er sprichts,
Und schlägt die Thüre zu, als hätt' er nichts
Gesehen, noch gehört. Nach einem Ru=
then:

Manövre, setzt ein Schulmonarch sich nicht
Gelaßner an den Pult, als er zur Tafel
kehret,

Und einen Becher nach dem andern leeret,
Bis Morpheus ihm die starren Augen bricht.
Und das — wer fühlte hier nicht Kitzel zu
Satiren? —

Und das nennt er — die Welt regieren.

Wie macht es sein Repräsentant?
Früh schlürft er Thee aus China, Kaffee,
Schokolade;
Signirt Verordnungen, ihm ewig unbekannt;
Erzeiget einem armen Hirsch die Gnade,
Ihn zu forciren; geht dann zum Lever —
Zur Tafel — zur Musik — zum Schauspiel —
zum Souper —
Berauscht sich, wie ein Thierchen von der
Heerde
Freund Epikurs — und sinkt dem Kebsweib in
den Schoos.

O, armes Volk, dem je das Loos
Solch eines Herrschers fiel! O, saubrer Gott
der Erde!

XXI.

Der Bund.

1 7 8 4.

Lieb' und Schweigen ist der Bund.
Wohl! ich will ihn ehren,
Tief in meines Herzens Grund
Mein Gefühl verschließen,
Und ein Siegel drücken
Auf den pflichtvergeßnen Mund.
Lieb' und Schweigen ist der Bund,
Aber meine Zähren
Kann ich nicht ersticken.
Laß, o laß sie fließen!
Thränen brechen nicht den Bund.

E

XXII.

Die Geburt der Eifersucht.

1 7 8 4.

Umarmt vom Argwohn, hat der Eifersucht
Das Daseyn Liebe selbst gegeben.
Doch die mißrathne Tochter flucht
Der Mutter oft, und steht ihr nach dem Leben.

XXIII.

Anekdote
aus der französischen Litteratur.

1 7 8 6.

———

„Papa, wie haben Sie ein Ding nur ma-

chen können,

Wie ihr Triumvirat?„ sprach einst, im

Kennerton,

Der jüngere zum ältern Krebillon.

„Ach, leider muß ich noch ein schlechtres Werk

erkennen!„ —

„Und welches?„ — „Euch Herr Sohn!„

XXIV.

Miß Kalender.

1 7 8 6.

Die Ninon unsrer Zeit, die schöne Miß
Kalender
Lag schmachtend, wie auf Hymens Thron,
Auf ihrem Sterbebett, zur Absolution,
Wie zum Vaurhall, geputzt. Ein Schlender
Von weißem Krepp, halb eng, halb weit
Und faltenreich, wie griechische Gewänder,
(Ihr findet ihn im Buch der Eitelkeit,

Im dreymal modischen der modischen Journale)
Kurz ein Pariser Hemd, mit breiter Falbala,
Dient der verwelkten Brust zum täuschenden
Futtrale;
Ein Aufsatz a la Horria.
Verkürzt der Maske Länge zum Ovale;
Und auf der eingesunknen Wange bot
Ein sanftschattirtes Rosenroth
Der Todesblässe Trotz. Erscheint auf ihr Gebot
Ein Seelenarzt. Wie flieht der Liebesgötter
Gruppe,
Die Wärter unsrer Kranken, furchtsam un=
ter's Bett!
Er sucht die Sterbende, sieht die gemalte
Puppe,
Und stutzt. „Miß, hebt er an, ihr Lebens=
alphabet
Ist dem Omega nah. Sie schicken sich zur
Reise.

Allein der Paß — das ist der Kirche
Weise;
Und wär' auch ihr Gewissen weiß, wie
Schnee —
Wird nicht ertheilt, bis von der Jesabels
Livree
Ein Thränenbad sie wäscht.„ — Die arme
Miß Kalender!
Dieß Opfer drückt sie mehr, als ihrer Sün=
den Noth.
Sie ruft der Zof': „Ihr hört, was mir der
Bonze droht!
So gebt mir wenigstens — hier schüttelt
sie der Tod —
Um Gotteswillen andre Bänder!
Dieß Gelbe steht mir scheuslich, ohne
Noth.„

XXV.

Der Gratulant.

1782.

Der höfliche Kornar
Wünscht euch, an jedem Tag der zwey und
funfzig Wochen,
Im lieben, langen Jahr
Zu Allem Glück; der höfliche Kornar!
Und hättet ihr das Bein gebrochen,
Er wünscht euch Glück, daß — es der
Hals nicht war:
Der höfliche Kornar!

XXVI.

Beruf zur Liebe.

1771.

Unser süßester Beruf
Ist das Glück der Liebe;
Alles, was der Himmel schuf,
Fühlet ihre Triebe;
Wann umher der Käfer irrt,
Sucht er sich ein Weibchen;
Wann ein Tauber einsam girrt,
Locket er sein Täubchen.

Blumen öfnen ihre Brust
Lauen Abendwinden;
Epheu schlinget sich mit Lust
Um bemooste Linden;
Liebemurmelnd eilt der Bach,
Unter den Gebüschen,
Einem andern Bache nach,
Sich mit ihm zu mischen.

Liebe tönt der Sänger Heer
Von den Zweigen nieder;
Weibchen flattern um sie her,
Sträuben das Gefieder,
Locken, schmachten, und entfliehn
Schaamhaft zu Gesträuchen,
Wo, mit zärtlichem Bemühn,
Männchen sie erreichen.

Seelen, die der Himmel schuf,
Fähig edler Triebe,
Folgt dem süßesten Beruf,
Schmeckt das Glück der Liebe!
Sie nur kann euch freudenreich
Diese Wallfahrt machen;
Sie nur führet lächelnd euch
Zu dem schwarzen Nachen.

XXVII.

Das schlafende Mädchen.

1 7 7 3.

O! wie schön, vom Ahornbaum umschattet,
Lieget sie, die kleine Nice, da!
Schöner schläft, vom Schwesterntanz ermattet,
Nicht, im Schoos der Mutter, Thalia.
Unschuld ruht auf ihrem Augenliede,
Amor bettet auf der Wange sich,
Und in ihrem Busen wohnt der Friede,
Der durch sie aus meinem Busen wich.

XXVIII.

Epistel
an ein Brautpaar. *)

1773.

Frontin sey flink, gleich Zephyretten,
Gleich Amorinen voll Verschlagenheit!
In Boudoirs, wie an den Toiletten,
Der Schönheit Dienste stets geweiht,
Verlach' er treuer Liebe Ketten,
Und halt', in süßer Trunkenheit,

---

*) Das Ganze dreht sich um den Umstand herum, daß
die Bekanntschaft der Personen bey einem gesell-
schaftlichen Theater entstanden war.

Ein jedes Mädchen für Lisetten.

Auf Blick und Mundwerk muß Lisette sich

verstehn;

Muß wissen, einen Liebeshandel

Gut einzufädeln, fein zu drehn,

Und mit den Seufzenden so boshaft um=

zugehn,

Als achte sie ein Herz nicht mehr — als

eine Mandel.

So lehrt das reizende Gedicht

Freund Dorats werdende Lisetten und

Frontine.

Doch wir gehören ja zum großen Handwerk

nicht.

Empfindung gibt den Ton auf unsrer kleinen

Bühne,

Mama Natur den Unterricht.

Kein Wunder, daß dem Geiste jener Pflicht

Die Sitte unsrer Schule widerspricht.

Denn, wie ein primo amoroso,

Schleicht itzt Frontin, der Arme! Tagelang

Schwermüthig, bleich und pensoroso

Im blätterlosen Lindengang,

Kein Lacher mehr, kein Spaßerfinder,

Stumm ist er, wie ein armer Sünder,

Vorm schwarzbehängten Tribunal.

Der Lecker einst! jezt fastet er am Tische!

Der Spielprofessor! fragt jezt zwanzigmal:

Wer Spieler sey, wer Karten mische?

Der Aktenritter! schwitzt beym kleinsten Me=

morial;

Weist alle Bauern ab, verschiebet,

Trotz dem periculum in mora, den Termin;

Kurz in Lisettchen ist Frontin sterblich ver=

liebet, *)

*) Sterblich verliebet. Anspielung auf eine
Stelle der Komödie aus dem Stegreif, in
der das Brautpaar Frontin und Lisette war.

Sterblich verliebet ist Lisettchen in Frontin;

So, daß von ihrer vollen Wange

Gesundheit und Vergnügen fliehn,

Und ihre Freundinnen nur bange

Gebrochne Seufzer aus ihr ziehn;

So, daß es sich mit beyder Tagen

Zum Ende neigt, und nur der Mann,

Mit schwarzem Mantel, weißem Kragen,

Sie wiederum ins Leben bringen kann.

Spricht jemand noch: Komödien ver-
          giften

Die Sitten und das Herz, und stiften

Nur Unheil! — Ey, so schweig' ich still.

Blind bleibe, wer nicht sehen will!

Die Mißgunst nur kann unsre Spiele
          schmähen;

Ihr Nutzen liegt am Tag; wir säen

Getreuer Liebe Saamen, zeugen Ehen!

„Ach! aber wie gerathen sie?„

Hör' ich die Zunft der frommen Schwestern
fragen,

Und mit geballter Faust auf ihren Kubach
schlagen.

Ey nun, Mesdam's, zwar weiß ich nicht,
wie Sie,

Aus Kaffeetassen wahrzusagen;

(Gut, daß dieß Kunststück nicht auf der Aka-
demie

Gelehret wird; wie viele freyten nie,

Die jezt auf gutes Glück es wagen!)

Doch, wenn Gemütherharmonie

Kein leerer Schall ist, darf ich wetten:

Signor Frontin wird sich mit Miß Lisetten

Und Miß mit ihm nicht übel betten.

Er ist mein Freund; gesellig, aufgeräumt,

Hat er sonst kein Souper und keinen Ball
versäumt,

Und ihre schwarzen Augen scheinen

Mit Freund und Feind es gut zu meinen.

Auch ist sie nicht von jener Damen Schlag,

Die, ewig klagend über selbst gemachte
Schmerzen,

Zur höchsten Gnade, nur an Feyertagen
scherzen.

Ihr muntres Wesen fließt aus einem frohen
Herzen,

Und jeder Tag ist ihr ein Feyertag.

Vollkommen ist nichts unterm Mond; es
stocket

Auch dann und wann die beste Londner Uhr;

Und süß und sauer ist des Ehestands Natur.

Drum, liebes Paar, zagt nicht! Eilt
auf beblümter Spur

Zum Altar, weil der Lenz euch locket,

Und um euch her der Wald, die Flur,

F

Voll süßen Maygefühls, frohlocket!

Schmeckt ganz Gott Hymens Süßigkeit!

Schmiegt tändelnd euch in seine Rosenbande!

Und gebt uns an Verträglichkeit

Und inniger Zufriedenheit

Das Gegenbild von Fulmers Eheftande.*)

Allein, Herr Bräutigam, nehm' er sich wohl
in Acht,

Und werd' er, nach der erften Nacht,

Kein Murrkopf; dulden muß er — ja selbft
gerne sehen,

Daß junge Herrn zu seinem Weibchen gehen.

Der Tag gehöret uns, die Nacht gehört dem
Mann —

Ift lang genug dem, der sie nutzen kann.

Die Menschenliebe will, daß man die Zeit so
theile.

—————

*) Zwey bekannte Rollen im Weftindier, die das
Brautpaar ebenfalls gespielt hatte.

Wir Parasole,*) die nicht freyn,

Wir stürben sonst vor Langerweile.

Noch eins, Herr Nachbar, fällt mir ein:

Bringt, auf bestöbertem Gefieder,

Der Winter Ball, Konzert und Schlittenfahr=

ten wieder,

Steigt unser Bühnchen auch aus seinem

Schutt empor;

So laß' er ja — das raun' ich ihm ins

Ohr —

Sein Weibchen wieder mit agiren —

Sie hätte denn (wir wollen billig seyn)

Uns Ehehaften anzuführen,

Die lauter, als ein Redner, schreyn!

---

*) Wer kennt nicht den Ritter Parasol im neuen
Amadis?

XXIX.

Agathon.

1 7 6 9.

Agathon, aus deſſen ſchwarzen Augen
Männer Freundſchaft, Mädchen Liebe ſaugen,
Mit dem freyen dunkelbraunen Haar,
Mit dem Geiſte, den kein Wahn berücket,
Der nur Roſen um ſich her erblicket,
Mit dem Herzen, das nie müßig war!
Liebe, ſcherze, von Verdruß entladen,
Weil die Parze deiner Tage Faden
Seiden ſpinnet und dein Morgen ſcheint!
Hänge deine Waffen einſt mit Ehren,
Als ein Greis, im Tempel von Cytheren,
Dankbar auf, und ſey noch dann mein Freund!

XXX.

Mütterliche Warnung.

1775.

———

Selbst die glücklichste der Ehen,
Tochter, hat ihr Ungemach;
Selbst die besten Männer gehen
Oefters ihren Launen nach.
Wer sich von dem goldnen Ringe
Goldne Tage nur verspricht;
O, der kennt den Lauf der Dinge
Und das Herz des Menschen nicht!

Manche wirft sich ohne Sorgen
In des Gatten Arm, wie du,
Und beweint am andern Morgen
Ihre Freyheit, ihre Ruh.
Aus dem Sklaven ihrer Blicke
Wird ein mürrischer Tyrann;
Banger Kummer folgt dem Glücke,
Das mit ihrem Traum zerrann.

Doch dein Glück dir selbst zu schaffen,
Tochter, steht in deiner Hand:
Die Natur gab dir die Waffen,
Gab dir Sanftmuth und Verstand.
Lerne deines Gatten Herzen
Liebevoll entgegen gehn,
Leichte Kränkungen verschmerzen,
Kleine Fehler übersehn.

XXXI.

Die Trauer.

Romanze.

1774.

Die Schönen sind fürwahr geplagt
In Tiefen und auf Höhen.
Weil ihnen Thränen, wie man sagt,
Leicht zu Gebote stehen,
Und weil Schmerz ihren Reiz erhöht,
Verfolgt des Schicksals Laune
Schnell, wie ein Wetterhahn sich dreht,
Die Blonde, wie die Braune.

Bald bricht ein kleiner Hund das Bein,
Bald fliegt ein Specht zum Henker,
Bald fällt zur Unzeit Regen ein,
Bald wird ein Mühmchen kränker,
Bald reist ein Schäfer übers Meer,
Bald hört er auf zu lieben,
Und was dergleichen Anlaß mehr,
Sich herzlich zu betrüben.

Doch Henriettens Unglücksstern
Ist keinem zu vergleichen.
Laßt es, ihr lieben Frau'n und Herrn,
Zum Mitleid euch erweichen!
Ihr, die ihr Leidende beklagt,
Fühlbare, gute Seelen,
Euch wird es, wenn euch Kummer nagt,
Auch nicht an Tröstern fehlen.

Denkt euch ein Mädchen, das jezt hold,
Jezt finster sich gestaltet,
Und ob es lacht, und ob es schmollt,
Stets neuen Reiz entfaltet;
Ein Mädchen, Meister im Talent
Die Herzen anzuketten,
Und schalkhaft, wie ihr wenig kennt,
So habt ihr Henrietten.

Noch matt von einem Austerschmauß,
In weisser Morgenkutte,
Saß sie, und dachte Masken aus
Zur kommenden Reboute.
Da pocht es an. — „Herein!„— Ein Brief!
Mit schwarzem Rand und Siegel!
Sie nahm ihn, wie im Traume, lief
Halbtaumelnd hin zum Spiegel;

Und rieb die Aengelchen sich hell,
Und buchstabirte leise:
„Die arme Mutter! — gestern — schnell —
Erschrick nicht! — Du bist Waise!„ —
Sie sinkt — so sinkt, von Orosman
Durchbohrt, Zayre nieder.
Mama! ruft sie, so laut sie kann,
Ma! schallts im Zimmer wieder.

„Ey, hält nicht Abgang und Ersatz
Auf Erden gleiche Schritte?
Die Mutter macht der Tochter Platz,
War das nicht immer Sitte?„
So schreyt vielleicht ein Philosoph
Aus weinerhitzter Kehle.
Allein gewebt aus feinerm Stoff
War meiner Heldinn Seele.

Und diesmal floß ihr tiefes Leid
Aus zwey verschiednen Quellen.
Halb galt es frommer Dankbarkeit,
Und halb den Maskenbällen.
O, werdet auch im Carnaval
Zum Freudenhaß verpflichtet,
Dann setzet euch in ihren Fall,
Ihr Schönen, dann erst richtet!

Elise, die gern Thränen stillt,
Verirrte gerne leitet,
Und über kleine Schwächen mild
Der Liebe Mantel breitet;
Elise steht der Freundinn bey,
In dieser schwarzen Stunde,
Und gießt, gleich einer guten Fey,
Ihr Balsam in die Wunde.

Weil aber alles fruchtlos ist,
Trost, Bitten, Wangenstreicheln,
Ersinnt sie plötzlich eine List,
Um ihrem Schmerz zu schmeicheln.
Ein alt Receptchen fiel ihr ein:
(Es hilft, ihr könnts versuchen.)
Den Kindern, wenn sie trostlos schreyn,
Gib Puppen oder Kuchen!

„Kind, spricht sie, eine Stunde nur
Laß ab vom lauten Jammer!
Pariser Rock und Garnitur
Sind schon in deiner Kammer. -
Wirf dich in Trauer! komm bald nach!„ —
Sie geht, und Henriette
Fand, was die Freundinn ihr versprach,
Auf ihrer Toilette.

Sie drückt sie schluchzend an die Brust,
Die theuren Klaggewänder,
Und löset schon, sich unbewußt,
Des Nachtkleids Rosabänder.

Husch! steht sie, wie Cornelia
Mit des Pompejus Urne,
So schwarz, und majestätisch da,
Als trügen sie Cothurne.

Ihr glaubt nicht, wie durch diese Tracht
Farb' und Contour gewannen!
Ihr Busen glänzt, wie Schnee bey Nacht,
Die Taill' ist zum umspannen.

So reizt im Probeschleyer nicht
Die jüngste Klosterschöne,
Und ein zerknirschteres Gesicht
Macht keine Magdalene.

Indessen war von Club zu Club
Die Trauerpost geflogen.
Schon kommt, nach liebem Brauch, ein Trupp
Visiten angezogen.
Man sieht sie, staunt, und prallt zurück,
Fängt an zu peroriren,
Und wünscht ihr zu der Trauer Glück,
Anstatt zu condoliren.

Ach, aber in der Dinge Lauf
Wird mancher Spaß verdorben.
Ihr Bruder schreibt den Tag darauf:
„Mama ist nicht gestorben.‟
Alsbald erlischt der Wange Roth,
Des blauen Auges Schimmer;
Sie rafft sich auf, und stürzt halbtodt
In ihrer Freundinn Zimmer.

„Elife, theile meinen Schmerz —
Die Freude, wollt' ich sagen! —
Ach, dein Geschenk — mir bricht das Herz —
Ich darf's hinfort nicht tragen.
Ich kann nicht länger ohne Grund
Der Mutter Thränen zollen,
Und morgen geh' ich wieder bunt,
Weil es die Götter wollen.

Denn ach, gestorben ist sie nicht,
Ist wieder außer Bette —
Und dein Geschenk„ — Elife spricht:
„Sey ruhig Henriette!
Du hängst es hin. Ein schwarzes Kleid
Siegt über Zeit und Mode.
Man spart es auf ein andres Leid,
Gleich einer Trauerode.

Doch hat ein alter Mann dereinst
Dir Tonnen Golds verlassen;
Und weißt du dich, so sehr du weinst,
In den Verlust zu fassen;

Fühlst du im Witwenflore schon
Den Hang zu süßern Banden;
Dann melde ja kein Postillon:
Der Mann ist auferstanden!

XXXII.

An einen jungen Arzt.

1 7 7 5.

Unglücklich, wer, beſtimmt für Kanzeln und
                    Altäre,

Sich Wall und Mauer zu erſtürmen ſehnt!

Unglücklich, wer, voll Durſt nach Bardenehre,

In einer Aktenkammer gähnt!

Und wen des Roſſes Wiehern, das Gebelle

Der Kuppelhunde nur bewegt,

G

Unglücklich, daß er nicht ein Hifthorn an der
Stelle
Des goldnen Schlüssels trägt!
Unglücklicher, wenn das Geräusch der Waffen,
Und wildes Schlachtgeschrey sein zartes Ohr
betäubt,
Indeß, zur Menschlichkeit geschaffen,
Sein Herz sich unterm Panzer sträubt;
Wer unerbittlich, mit der Kälte
Des Jägers, die Geschlagnen hetzt,
Und nach der Schlacht, im unbelauschten
Zelte,
Den Lorberkranz mit bittern Thränen netzt!
Doch dreymal selig der, dem zum Geschäfte,
In dessen Joch des Schicksals Phantasie
Ihn spannte, Vater Zevs das volle Maas der
Kräfte,
Und Lust, die alles übersteigt, verlieh!

Geliebter Bruder von zwey schönen
Schwestern,
Der dreymal Selige bist du.
Wie sah ich deinem stillen Eifer gestern
Mit schaudernder Bewundrung zu.
Hätt' er, der dich zu seinem Dienst erwählet,
Hätt' Aeskulap nicht selbst dein Herz gestählet,
Mit Ungeduld nach Ruhm und Kenntniß dich
erfüllt;
Wo nähmest du zum bangen Operiren,
Zum gräßlichen Anatomiren
Fühllosigkeit an Geist und Nerven her?
Du, sonst in keinem Fall des Lebens Stoiker!
Den Lust und Schmerz gleich heftig rühren,
Dem, bey des Elends nachgeahmten Bild,
Der Busen schon von tiefem Mitleid schwillt.

Da sitzest du in deinem schwarzen Kittel,
So stolz und heiter wie ein Kandidat,

Der einen Accessistentitel

Nicht ohne Müh erbettelt hat;

Schaust auf dein Werk mit Wohlbehagen,

Dem Maler gleich, der auf sein Pergament,

Wo Lenze blühn und Morgenröthen tagen,

Verliebte Blicke wirft; greifst nach dem In-
strument,

Wie unser einer nach der Karte,

Und schneidest, bis nichts mehr zu schneiden ist,

Und runzelst weniger die Stirn', als ich beym
Whist,

Wenn ich, zum Ruf bereit, auf zwey Figuren
warte.

XXXIII.

Grablied.

1768.

Töne sanfter, Leyer, töne,
Wie der West in Veilchen rauscht;
Fern vom Schwarm der Jugendsöhne,
Von der Neugier unbelauscht,
Von dem Flor der Nacht umschattet,
Von den Sternen nur gesehn,
Sey mir jetzt ein Lied verstattet,
Ach! ein Lied von Lalagen!

Lalage, von lichten Scenen
Blicke mitleidsvoll auf mich!
Laß mich, unter tausend Thränen,
Dir gestehn: ich liebte dich!
Meinem Schmerz würd' ich erliegen,
Schaft' ich nicht dem Herzen Luft.
Lebend hab' ich's dir verschwiegen;
Jetzt vernehm' es deine Gruft.

Lieblich warst du, wie die Röthe,
Die Aurorens Tritt umfließt;
Lieblich, wie des Hirten Flöte,
Der den neuen Tag begrüßt.
Doch du starbst! — ein Wetter ziehet
Drohend am Olymp empor;
Die erschrockne Göttin fliehet,
Bebend schweigt des Hirten Rohr.

Wehe dem, der dich erblickte,
Und der Liebe widerstand,
Den dein Lächeln nicht entzückte,
Der dein Auge nicht empfand!
Ach! er stammet aus Gebürgen,
Wo der Winter ewig ruht;
Seinen Vater zu erwürgen,
Hätte der Verstockte Muth!

Nektarlippen, Rosenwangen,
Jugendliche Tändeley'n,
Kühner Jünglinge Verlangen,
Blöder Herzen stille Pein,
Reiz und Unschuld, seltne Gaben,
Witz und Freundschaft, Grazie,
Alles lieget hier begraben;
Denn hier lieget Lalage!

Die ihr eure Gatten klaget,
Tauben, seufzet hier und girrt,
Wo euch keine Furcht verjaget,
Wenn der Schatten brauner wird!
Kleine süße Philomele,
Jene Linde sey dein Haus:
Hauche dort die trübe Seele
Langsam in Gesängen aus!

Murmle dumpfer, nahe Quelle,
Stimm' in meinen Trauerton!
Welt, an dieser theuern Stelle,
Sprech' ich deinen Freuden Hohn.
Selbst Natur lockt mich vergebens,
Meine Seel' entsagt auch ihr.
Mit der Fackel deines Lebens,
Lalage, erlosch sie mir.

Töne sanfter, Leyer, töne,
Sing' es der verwaysten Flur:
Hier ruht Lalage, die Schöne!
Sie, dein Meisterstück, Natur!
Früh ermüdet von dem Kummer
Dieser Wallfahrt, schlief sie ein;
Süßerquickend müſſ' ihr Schlummer,
Heiter ihr Erwachen seyn!

XXXIV.

An Madam Schläger.

1 7 7 3.

Den Epheu, den in Griechenland
Die Freude sonst, bey jedem Mahle,
Um ihrer Priester Schläfe wand,
Und ohne den man nie Horazen zechend
fand,
Ihn beut die wunderreiche Hand
Hygäens dir, und tränkt aus voller Schale
Dich mit verjüngter Lebenskraft,

Die Süßigkeiten deiner Pilgerschaft,

Wie vormals, unvergällt zu schmecken,

Und gleich dem Weisen, den Minervens

Waffen decken,

Die eitlen Sorgen, leeren Schrecken,

Die sich der Kleinmuth unterm Monde schaft,

Im Arm der Freundschaft zu vergessen,

Und o! von ihr begleitet und geführt,

Frisch fortzuwallen, bis im Schatten von

Cypressen

Dein Blumenpfad sich sanft verliert.

Hygdens. Ihre Genesung wurde mit Ueberreichung
eines Epheukranzes gefeyert.

XXXV.

Weh und Wohl.

1786.

Weh dem Menschen, dessen Herz
Nichts zur Freud' entzündet;
Der sich, zwischen Gram und Schmerz,
Matt durchs Leben windet;
Der, des Unbestandes Spiel,
Nirgends seiner Wünsche Ziel,
Nirgends Ruhe findet;
Den sein eigner Schatten schreckt,
Und ein Hauch zu Boden streckt!

Wohl dem Menschen, dem das Blut
In den Adern hüpfet;
Der mit immerfrohem Muth
Durch das Leben schlüpfet;
Der, bescheiden im Genuß,
Der, gelassen im Verdruß,
Freud' an Kummer knüpfet;
Und, bey wilder Stürme Wuth,
An der Hofnung Busen ruht!

XXXVI.

Epistel

an Madam Hensel *) jetzt Seyler.

1 7 7 2.

─────────────

So ruht das tragische Gepäcke,

Die flittergoldnen Fischbeinröcke,

Die Diadems von Glas und Stein,

Die weissen und die schwarzen Kreppe,

Die Federbüsche, Perlenreihn,

Und o! die königliche Schleppe

*) Als sie, während ihres Aufenthalts beym National-
Theater in Wien einigen Mädchen Unterricht im Fi-
szelmachen gab.

In einem Koffer allzumal
Verschlossen, unter jener Treppe?
Medeens Becher im Futtral?
Der Rache Dolch in seiner Scheide? —
In einem leichten Morgenkleide
Sitzt meine liebe Henseln da;
Nicht Fausta, nicht Kleopatra,
Noch, mit der grambedeckten Stirne,
Die fromme Danaide mehr;
Kein Dämon schwärmt ihr im Gehirne,
Ihr Blick ist finstrer Ränke leer,
Ihr Athem nicht von Kummer schwer;
Ein Mädchenchor sitzt um sie her,
Das, mit Verlust von Zeit und Zwirne,
Die Künste des Filets studiert;
Sie, umgeschaffen zum Präcepter,
Ermuntert, lehret, perorirt,
Und eine Nadel ist der Scepter,
Der ihre Monarchie regiert.

Ihr, mit der kritischen Posaune,
Ihr schlauen Richter jeder Kunst,
Vernehmt, was ich ins Ohr euch raune,
Mit euerm Wissen ist es Dunst,
Und unstät, wie des Menschen Laune,
Sind auch Empfindung und Geschmack!
Der liebet Rum, der liebet Rack;
Und der das kugelrunde, braune
Milchmädchen im Gewand von Sack
Mehr, als die Dame mit der Taille,
Die einem schlanken Rohre gleicht,
Und mit dem Teint, dem, im Seralle,
Der Sultaninnen schönste weicht,
In Drap d'argent und Brüßler Kanten,
Und einem Scheine von Brillanten.

Geschmack — den Proteus, meynt ihr ihn
Mit Stricken der Vernunft zu binden?

Und, was euch schön dünkt, soll euch
Wien,

Berlin und Hamburg nachempfinden?

Wollt ihr des Höflings kaltes Herz

Mit tragischem Gefühl entflammen,

Ihn zwingen, wälscher Buffen Scherz,

Als Brut des Unsinns zu verdammen?

Wird nicht die Dame, die, beym Thee,

Emilien, die ihr vergöttert,

Mit pommadirter Hand durchblättert;

Bald ihr petit nez retroussé

Beym Schnickschnack der Orsina rümpfet;

Bald anmuthsvoll die Achsel zückt,

Wenn sie das Reh im Garn erblickt,

Und auf den Odoardo schimpfet,

Der sich für unsre Welt nicht schickt;

Wird sie nicht glauben: eingeimpfet

Sey ihr allein von der Natur

Gefühl, Geschmack — ihr wäret nur

H

Geschwätzige Enthusiasten?

Und lassen luftige Phantasten,

Die, im Ballet, ein junges Ding

Mit Einem Seitenblicke fing,

Durch eure Warnung sich bekehren,

Das junge, dumme Ding zu fliehn,

Und an den prächtigen Altären

Der deutschen Dämenils zu knien? —

Von euch beräuchert, ausgeschrien,

Und lebend apotheosiret,

Rief man die Henselinn nach Wien;

Das Werk ist euer — triumphiret

Nur nicht zu früh! Sie sitzt zu Wien —

Verkannt, vergessen — und strickt Netze.

So allgemein sind die Gesetze

Vom wahren Schönen und vom Tand,

So fest der Musenfreunde Band

In unserm lieben Vaterland!

Glück zu, Frau Meisterinn der Netze!
Hätt' ich Jacobi's süß Geschwätze,
Begeisterte mich Vater Gleim,
Ihr sagte jezt mein leichter Reim:
Wie einst, des langen Streites müde,
Miß Pallas Harnisch und Aegide
An Nagel hing, und ihre Hand
Das niedliche Geweb erfand,
Auf welchem Amoretten hüpften,
Als ob's für sie geschaffen wär,
Und durch die Vierecks, hin und her,
Wie kleine Taschenspieler schlüpften;
Und wär', aus Wielands Genius,
Ein Körnchen auf mein Land gefallen,
Um Ihr und Ihren Mädchen allen
Ein Feenmährchen vorzulallen:
Verdienen wollt' ich manchen Kuß!
Das Mährchen nähm' ich von Alinen,
Die, einer bösen Fey zu dienen,

Vom Schicksal ausersehen war.

Sanft, wie die erste Blum' im Jahr,

War ihr Gesicht und blond ihr Haar,

Und rein ihr Herz, als wie die Quelle,

Bey der sie einst ihr Ritter fand,

Und ewig sich mit ihr verband;

Die böse Fey, die nahe stand,

Schwur bey dem Himmel und der Hölle,

(Denn ach! den Ritter liebte sie!)

Nie diese Schmach zu dulden, nie!

Und nahm das Mädchen, auf der Stelle,

Mit durch die Luft, und jauchzte Sieg.

Sie kamen zu den Ort der Strafe,

Und, als sie von dem Wagen stieg,

Sprach sie: „hier hüte meine Schafe,

Und dort, auf jener Asche, schlafe!„

Alinchen sah sie an, und schwieg.

„Fir, zieh dich aus, Miß Aschenbrödel!

Die Kleider schick' ich auf den Trödel;

Hier ist ein Sack; bequeme dich!„ —
Sie zog ihn an und neigte sich.

Des Tages wacht sie bey den Schafen,
Und Aschenbrödel singt dazu;
Im Aschenhaufen muß sie schlafen,
Und Aschenbrödel schläft in Ruh;
Im Wind und Sonnenschein und Regen,
Bey grober Kost und manchen Schlägen,
Bleibt immer Aschenbrödel schön;
Drob will die Fey vor Zorn vergehn.
Einst bey der Lerche Frühgeschwirre,
Trabt ihrem Stalle was vorbey,
Und schnell erhebt sich ein Geklirr:
Das —

„Halt! die Mädchen werden irre —
Hier sind die Fäden all' entzwey —
Dort giebt es Knoten und Gewirre —
Mit Ihrer Fey!„ —

Madam verzeihn!
Ich lenke schon, o Freundinn, ein,
Und spreche nun mit dir allein.

Mir werther bist du hier im Zimmer,
Wo deine Seel' im eignen Schimmer
Bescheidner Tugenden sich zeigt,
Des Glückes Unbestand verschmerzet,
Der kleine Seelen niederbeugt,
Und philosophisch drüber scherzet,
Daß alles eine Weile währt,
Und unsers Stolzes Seifenblase
Vor einem kleinen Hauch zerfährt,
Als, wenn mit himmlischer Emphase,
Auf einem Thron, im Marmorsaal,
Dein Mund der Könige Moral
In herrlichen Tiraden predigt.

O, würde mancher Mensch, wie du,
Von seinem Flitterpomp entledigt,

Wo fände seine Seele Ruh?
Wie wollt' er seine Stunden tödten?
Umsonst flöh er der Weisheit zu.
Die Weisheit gleicht den schönen Spröden;
Man muß ihr täglich Weihrauch streun,
Ihr früh sein ganzes Leben weihn,
Um ihrer Liebe werth zu seyn.

Die meisten Sterblichen, sie glänzen
In einer Sphäre fremden Lichts;
Herausgerissen — sind sie Nichts.
Aus seines stillen Glückes Grenzen
Wird nur der Weise nicht verrückt;
Wird er geneckt, verfolgt, gedrückt,
So nimmt er seinen Stab, zieht weiter;
Der Schöpfung Anblick macht ihn heiter,
Und geht getreu durchs Leben mit;
Sein Herz bleibt ihm, bey jedem Schritt,
Ein strenger Richter, treuer Rather,

Und stimmt ihm dessen Ausspruch bey,
Vergißt er gern das Lobgeschrey
Der brausenden Amphitheater.

Wie thöricht ists, der Bühne Dienst
Die beste Zeit von seinem Leben
Im lieben Deutschland hinzugeben!
Was ist am Ende dein Gewinnst?
Daß das vielöhrichte Gerüchte
In jedem Winkel dich behorcht,
Und Stoff zu einer Mordgeschichte
Von deiner kleinsten Handlung borgt?
Der Tadlerinnen Blicke warten,
Wenn sich dein Fuß ins Freye wagt,
Und von Melpomenens Bastarten
Der kleinste deinen Lorbeer nagt?
Belohnt mit einem Sinngedichte,
Mit eines Zeitungsschreibers Lob,
Der nicht verstand, was er erhob,

Und — kömmt es hoch — mit einer
Ode,

Quält Nahrungssorge dich zu Tode. —

Aus ist's! — Des Freundes Klageton

Verhallet unter den Cypressen;

Dein Volk vermißt dich nicht. —

Ach! schon

Ist meine Röderinn *) vergessen;

Sie, deren weichgeschaffnes Herz

Natur, für heisser Liebe Schmerz,

Und süße Schwärmerey beseelte;

Ach! sie, von der ich oft erzählte,

Daß nichts ihr zur Vollendung fehlte,

Als einer Henseln Unterricht.

Ihr offnes, ruhiges Gesicht,

Wann sie der Menschheit Pflichten lehrte,

Verschwindet meinem Auge nicht,

---

*) Gebohrne Lucius; sie starb im Jahr 1772. beym
Hoftheater in Weimar.

Und immer dünkt es mir, ich hörte
Noch ihren Ton, ihr schmelzend Ach!
Wann sie den Blick gen Himmel kehrte;
Und meine Seele seufzt es nach.

Doch blieb ihr nicht, in der Coulisse,
Der Prinzessinnen Ton und Gang;
Hier ließ die feyerliche Actrice
Der angenehmen Frau den Rang.

Wie du, war sie bequemen Tagen,
Der Freundschaft und der Freude hold,
Und wußte Kummer zu ertragen;
Denn Langeweile macht ein Wagen,
Der immer über Blumen rollt.

Nun schläft, bey andern Musensöhnen,
Die sanfte Herzenzähmerinn,
Ohn' einen Seufzer ihr zu fröhnen
Trabt man auf ihrem Hügel hin;
Schon hör' ich manche Stümperinn
Ihr Angedenken laut verhöhnen;

Ha! wie sie hoch die Nase trägt,
Weil sie die Luft mit scharfen Tönen
Und mit geballter Faust durchsägt,
Und kleine Kritiker sie krönen.

Auf! flieh ein undankbares Land,
Wo Kaltsinn und Kabale wohnen,
Entflieh, an deines Damons Hand,
Nach freundlichern, beglücktern Zonen:
Zieh mit ihm hin ins Himmelreich
Von jeder Weisheit, jeder Muse,
Zieh mit ihm hin nach Lampeduse;*)
Den nächsten Lenz besuch ich Euch.

---

*) S. Diderots Theater, Th. 4. S. 216.
„O, meine Freunde, rief Dorval. Wenn wir je=
mals nach Lampeduse ziehn, um fern vom festen Lan=
de, mitten in den Wellen des Meers ein kleines
Volk von Glückseligen zu stiften, so sollen die
Schauspieler unsre Prediger seyn u. s. w.‚‚

XXXVII.

Die Brautuhr.

1780.

Als Modezierrath, darf der Braut die Uhr
nicht fehlen.

Dir, sanfteste der Weiberseelen,
Dir diene sie zu weiser Rechenschaft.
O, möchtest du an ihr nur Augenblicke zählen,
Wie deine Liebe mir sie schaft!

XXXVIII.

Der Trauring.

1 7 8 0.

Nimm ihn hin, den Ring der Treue,
Dieses Bild der Ewigkeit!
O, daß Mißtraun oder Reue
Seinen Anblick nie entweihe!
Daß er unsres Bundes Herzlichkeit
Jeden Morgen dir erneue!

Daß noch einſt, durchſtrömt von Dankbarkeit,

Sich dein Herz der langen Reihe

Durchgeliebter Tage freue;

Wann, genagt vom Zahn der Zeit,

Dieſer S ch l a n g e S ch u p p e n ſchwinden,

Und, bey Sang und Spiel und Tanz,

Uns der Jubelfeyer Kranz

Kind und Enkel winden.

S ch l a n g e S ch u p p e n. Der Ring war ſchlangen-
förmig gearbeitet.

XXXIX.

Die Eifersucht.

1782.

Eifersucht, der Liebe Hölle!
Elend, elend, wer dich fühlt,
Wenn dein Dolch, getränkt mit Gifte
Rastlos in dem Busen wühlt;
Wenn der Seele Tiefen zittern,
Wie die Fluten in Gewittern;
Und kein Wort, kein Wort des Trostes
Deiner Marter Gluten kühlt;
Eifersucht, der Liebe Hölle!
Elend, elend, wer dich fühlt!

Eiferſucht, der Liebe Himmel!

Selig, ſelig, wer dich fühlt!

Wenn ein Wort, ein Wort des Troſtes

Deiner Marter Gluten kühlt;

Wenn der Reue Thräne fließet;

Wenn Verſöhnung uns umſchließet;

Und der Nektar Ihres Kuſſes

Alle Spuren des Verdruſſes

Aus der Seele Tiefen ſpült;

Eiferſucht, der Liebe Himmel!

Selig, ſelig, wer dich fühlt!

XL.

Warnung vor Hymen.

1771.

Wenn die Hochzeitfackel lobert,
Sehet, welcher Gott sie hält!
Hymen kömmt, wenn man ihn fodert,
Amor, wenn es ihm gefällt.

Zu dem zweifelhaften Bunde,
Der des Lebens Freyheit raubt,
Schlägt die feyerliche Stunde
Immer eher, als man glaubt.

J

Wünsche, Triebe, Phantasieen,
Alles ist euch itzt noch frey;
Lieben könnt ihr, ihr könnt fliehen,
Ohne Vorwurf, ohne Reu!

Tauschet diese Frühlingstage
Um die Lockung Hymens nicht!
Trug ist seine sanfte Klage,
Träume sind's, was er verspricht.

Seht ihn, wie er falsch den Rücken
Dem getäuschten Sclaven beut!
Flieht vor seinen goldnen Stricken,
Flieht, mit weiser Fröhlichkeit!

Aber wenn ein süßes Feuer,
Das nicht Ueberlegung stillt,
Täglich, mächtiger und neuer,
Euren jungen Busen füllt;

Wenn Vernunft, mit Reiz verbunden,

Euch zum Schwur der Treue zwingt,

Und, mit Rosen rund umwunden,

Amor selbst die Fackel bringt;

Stehet dann, geführt von Scherzen,

Hymen lächelnd vor euch da,

Ach! so ruft, aus vollem Herzen,

Lieber heut', als morgen, Ja!

XLI.

Der Dorfkirchhof.

Elegie.

1771.

Die Abendglocke ruft den müden Tag zu
Grabe,
Mattblökend kehrt das Vieh in langsam
schwerem Trabe
Heim von der Au, es sucht der Landmann
seine Thür,
Und überläßt die Welt der Dunkelheit und
mir.

Der Landschaft zitternd Bild sinkt in der
Dämmrung Hülle,

Und durch die ganze Luft herrscht feyerliche
Stille;

Nur daß ein Käfer hier mit trägem Fluge
schwirrt,

Und schläfrig um mein Ohr ein fernes Läu-
ten irrt,

Und daß aus jenem Thurm, den Epheu
dicht umschlinget,

In dessen alte Kluft kein Stral des Tages
dringet,

Die Eule schauervoll dem blassen Monde klagt,

Ein Wandrer habe sie zu stören sich gewagt.

Hier, wo die Ulme trauert, der Eibe Schatten
schrecket,

Wo mürbe Hügel Staubs ein dürrer Rasen
decket,

Schläft, in ein enges Grab versenkt auf immerdar,

Von diesem armen Dorf der Väter rohe
Schaar.

Sie ruft der Morgen nun, der düftend niedet
wallet,

Der Schwalbe zwitschernd Lied, das aus dem
Strohdach schallet,

Des Hahns Trompetenton, des Hornes Wie=
derflang

Nicht mehr vom schlechten Bett zu Arbeit
und Gesang.

Nicht mehr wird nun für sie des Heerdes
Flamme lodern,

Kein Weib am Abend sie mit Sehnsucht wie=
derfodern,

Sich den Geschäften ganz für ihre Pflege weihn,

Und keine Kinder mehr nach ihrem Vater
schreyn,

Still lauschen, wenn er kömmt, sich ihm
entgegendrängen,

Und, sich um seinen Kuß beneidend, an ihn
hängen.

Oft tönete die Flur von ihrer Sichel Klang;

Es war ihr Pflug, der oft die harten Schol:
len zwang;

Wie froh zog ihr Gespann vor ihnen auf die
Felder!

Wie beugten sich, erlegt durch ihren Streich,
die Wälder!

Der Ehrgeiz spotte nicht der Arbeit ihrer
Hand,

Verlache nicht ihr Glück, und ihren niedern
Stand;

Der Große höre nicht, Hohnlächeln im Ge:
sichte,

Des Armen kurze, doch belehrende Geschichte!

Nicht zu vermeiden droht Ein letzter Au:
genblick

Dem Dünkel der Geburt, der Herrschaft stol=
zem Glück,

Der Schönheit Zaubermacht, des Goldes Ei=
genthume;

Zum Grabe leiten nur die Wege zu dem
Ruhme.

Verzeihe denn, o Stolz, daß glänzende
Trophä'n

Zu ihrer Ehre nicht um diese Gräber stehn,

Und daß im Tempel nicht, durch tiefgewölbte
Hallen,

Der Chöre Harmonie'n von ihren Thaten
schallen.

Ergötzt ein Marmorbild den nachtumwölkten
Blick?

Lockt den entfloh'nen Geist ein Trauermaal
zurück?

Kann in die öde Gruft des Ruhmes Nachhall
bringen?

Läßt sich des Todes Ohr durch Schmeiche:
leyen zwingen?

Wie manche deckt vielleicht hier die Ver:
wesung tief,
In deren schwangrer Brust ein Götterfunke
schlief!
Provinzen hätten sie mit wachem Blick be:
schirmet,
In hohes Saitenspiel Begeisterung ge:
stürmet,
Hätt' ihnen Wissenschaft ihr großes Buch
entrollt,
In welches jede Zeit den Schatz der Völker
zollt,
Hätt' Elend nicht ihr Haupt in tiefen Staub
gedrücket,
Ihr Feuer ausgelöscht, und ihr Genie er:
sticket.

Wie manche Ros' im Thal erröthet un=
gesehn,

Haucht ihren Duft umsonst, und stirbt ver=
gebens schön!

Wie manchen edlen Stein hält, vor der Men=
schen Sorgen,

Der unerforschte Grund des Oceans verborgen!

So ruhet mancher hier, der einst mit kühner
Hand,

Ein F r a n k l i n seines Dorfs, dem Frevel
widerstand,

Und mancher M i l t o n stumm, vermischt mit
andern Todten,

Und mancher C r o m w e l l, rein vom Blut der
Patrioten.

Sie konnten nicht, voll Muth, Gefahr und
Tod verschmähn,

Nicht, folgsam ihrem Wink, Senate zittern
sehn,

Mit Ueberfluſſe nicht ein ſelig Land beglücken,

Nicht leſen ihren Werth in eines Volkes

Blicken.

Doch ſchränkte nicht ihr Loos nur ihre Tugend

ein,

Die Laſter wurden auch in ihrer Hütte

klein.

Sie durften nicht mit Blut die Thronenwege

gießen,

Die Thore des Gefühls dem Elend nicht ver-

ſchließen,

Nicht Menſchen ſcheun, wenn laut im Buſch

Wahrheit ſpricht,

Den Zeugen edler Schaam nicht tilgen vom

Geſicht;

Noch, in der Wolluſt Schoos, des Weihrauchs

ſich erfreuen,

Den, zu der Muſen Schmach, erkaufte Schmeich-

ler ſtreuen.

Von der unedlen Bahn des Städtervolks
entfernt,

Hat ihr bescheidner Wunsch Ausschweifung
nie gelernt;

Kühl war ihr Lebensthal und dem Geräusch
entlegen;

Zufrieden wallten sie auf ihren stillen Wegen.

Doch ruft ein Denkmal noch, das die
Gebeine schützt,

Zerbrechlich aufgebaut, barbarisch ausgeschnitzt,

Geziert, nach altem Brauch, mit ungefeilten
Reimen,

Den frommen Wanderer, mit Thränen hier zu
säumen.

Die Muse hat sich Lob und Elegie erspart,

Nur ihre Namen, nur ihr Alter aufbewahrt,

Und den noch leeren Raum mit manchem Spruch
geehret,

Der dieses arme Volk die Kunst zu sterben
lehret.

Denn welcher Sterbliche, wirft sehnend nicht
den Blick

In eine schöne Flur, die er verließ, zurück?

Wer hat gedankenlos, von Sicherheit be-
rauschet,

Dieß ängstlich süße Seyn mit jener Nacht ver-
tauschet?

Ein Auge, das sich schließt, ein halbgebroch-
nes Herz,

Heischt eine Thräne doch, und eines Freundes
Schmerz;

Es rufet noch Natur aus unsrer Gruft; es
lodert

Ihr Feuer unverlöscht, wenn unsre Asche modert.

Du, der die Todten hier, die keine Zun-
ge preist,

Aus der Vergessenheit durch deine Leyer
reißt,

Vielleicht sucht traurend einst ein dir ver=
wandtes Wesen

Noch deinen Hügel auf und fragt: wer du
gewesen?

Dann spricht ein grauer Hirt: „Wann dämmernd
auf den Höhn

Der Morgen zitterte, hab' ich ihn oft gesehn;

Durch das bethaute Gras rauscht' er mit schnel=
len Füßen

Zu jenem Hügel hin, die Sonne zu be=
grüßen.

Dort, an der Buche Fuß, die schon vor Al=
ter nickt,

Die Wurzeln aufwärts dreht, und ihre Zweige
bückt,

Streckt' er am Mittag sich, verdrossen, un=
belauschet;

Starr ſah er in den Bach, der dort vorüber:
rauſchet;

Bald ſchlich er in den Hayn, und höhniſch
lächelt' er;

Bald murmelt' er vor ſich verworrne Träume.
her;

Bald hing er bleich ſein Haupt, wie ein Ver:
laßner, trübe,

Genagt von innerm Gram und hofnungsloſer
Liebe.

An einem Morgenroth eilt' ich zum Hügel hin,

Wo ich ihn immer fand, und — da vermißt
ich ihn.

Ich eilte nach der Au, zu ſeinem Lieblings:
baume,

Allein ich fand ihn nicht, wie ſonſt, in ſüſ:
ſem Traume.

Ein zweyter Morgen kam; weit ſchaut' ich
um mich her,

Doch ich erblick' ihn nicht am Bach', im
                                Hayn nicht mehr.
Tags drauf, ach! sahn wir ihn, bey Liedern
                                und bey Klagen,
In feyerlichem Zug, nach unserm Kirchhof
                                tragen.
Siehst du den Dornstrauch dort? Komm! (le:
                                sen kannst du ja!)
Lies! Hier an diesem Stein steht seine Grab:
                                schrift! Da!„

*   *   *

Ein Jüngling ruhet hier in unsrer Mut:
                                ter Schoos,
Dem Glücke nicht bekannt, durch keinen Nach:
                                ruhm groß.
Sein niedrig Wiegenbett verschmähten nicht
                                die Musen,

Und Schwermuth weihte sich zur Wohnung
seinen Busen.

Voll Güte war sein Herz, und der Verstellung feind;

Voll Güte krönete der Himmel sein Begehren.

Er schenkte Leidenden sein ganz Vermögen —
Zähren;

Gewährt ward ihm dafür sein ganzer Wunsch
— ein Freund.

Wag' in das Heiligthum nicht tiefer einzu-
schauen,

Das seine Tugenden und seine Fehler mißt!

Ach! beyde liegen sie, mit zitterndem Ver-
trauen,

In dessen Brust versenkt, der Gott und
Vater ist.

K

XLII.

Der bestrafte Amor.

1771.

Zevs rüste mich mit deinen Wettern,
Rief Lydia, von Zorn entbrannt,
Um jenen Tempel zu zerschmettern,
Wo ich zuerst den Amor fand!

Warum hab' ich Alcidens Waffen,
Und seines Armes Stärke nicht,
Der Erde Rache zu verschaffen
An diesem stolzen Bösewicht?

O, wär' ich an den Zaubereyen
Des Orkus, wie Medea, reich,
Ihm wollt' ich einen Becher weihen,
Dem Zauberkelch der Liebe gleich!

Der du mir zu entfliehen suchest,
Verruchter Frevler, hätt' ich dich! — —
„Hier ist er, Nymphe, dem du fluchest!„
Sprach Amor schnell, und zeigte sich.

„Auf, Kühne! Wag' es dich zu rächen!„ —
Sie hört erschrocken seinen Spott,
Und eilet, Rosen abzubrechen,
Zur Ruthe für den kleinen Gott.

Und läßt den Frevler ungebunden,

Durch Mitleid oder Furcht bewegt;

Und zittert noch, ihn zu verwunden,

Da sie mit leiser Hand ihn schlägt.

XLIII.

Wieland.

1771.

Bey Grazien und Musen saß Apoll
In seinem Lorbeerhayn.

Göttinnen, fragt er sie, wer soll
Der Dichter der Grazien seyn?

Die Grazien kamen den Musen zuvor,
Und lispelten: Wieland! dem Gott in das
Ohr.

XLIV.

Sibylle
oder
die strenge Mutter.

Romanze.

1770.

Tyrannisiret nicht, ihr Mütter,
Der Töchter Herz!
Umsonst schreyt ihr: „die Lieb' ist bitter
Und kostet Schmerz!„
Und warnet, wie vor Krokodillen,
Vor Männern sie;
Es geht euch allen, wie Sibyllen;
Man glaubt euch nie.

Sibylle war so eine Mutter,
Nach altem Brauch;
Dem Teufel trotzte sie, wie Luther,
Und konnt' es auch.
Erblickt' er ihr Skelet, von Geize
Und Neid zernagt
Er kröche traun! vor ihr, zu Kreuze,
Wie Kind und Magd.

Ihr einzig Kind hieß Kunigunde,
Alt sechszehn Jahr,
Der Rose gleich von Wang' und Munde,
Goldgelb von Haar.
Ein Haufe junger Herrn bemühte
Sich um sie her.
Es war im Tempel, wo sie kniete,
Kein Plätzchen leer.

O, statt der Blumen, bringt ihr Pflaumen
Und Butterweck'!
Ihr Herzchen sitzt auf ihrem Gaumen,
Macht den zum Zweck.
Nein! keine süße Versskartele,
Konfekt und Obst,
Bringt ihr aus seiner Apotheke
Provisor Robst.

Ihr spottet sein, dünkt euch gescheidter?
Gnug, so macht er's;
Und längst kam seine Prosa weiter,
Als euer Vers.
Oft führt, bey Nächten ohne Sterne,
Er sie vor's Thor;
Doch trabt, mit einer Blendlaterne,
Stets Amor vor.

Die Mutter, schlau in Liebeshändeln,
Roch bald den Brand:
Das Mädchen wollte nichts, als tändeln,
Ging so galant!
Im Nähn zerriß der Zwirn; den Rocken
Verwirrte sie;
Der Suppe fehlten oft die Brocken,
Und Salz der Brüh.

„Kind,„ sprach sie einst, „ich bin kein Drache,
„Wie's Mütter gibt.
„Doch beichten beffert deine Sache —
„Du bist verliebt! ·
„Ich kann das Lachen kaum verbeißen,
„Wenn du ihn lobst.
„Er heißt?„ — „Nun ja! — wie soll er heißen?„ —
„Provisor Robst.„

Wie, wenn im höchsten Silbertriller
Die Mara schwirrt,
Der Opernsaal verstummt, und stiller
Als Gräber wird,
Und neidisch alle Musen lauschen —
Urplötzlich wild,
Der Hörner Lärm, der Bässe Rauschen
Die Halle füllt;

So wechselt ihren Ton Sibylle,
Von Wut empört,
Daß Gundel, bleich, und mäuschenstille,
Vor Angst nichts hört.
Sie schilt, und tobt, und flucht, und schwöret,
Und übergibt
Dem Teufel sie, dem sie gehöret,
Ach! weil sie liebt.

Die nächste Nacht, zur Geisterstunde,
Erschallt im Haus
Ein dumpfes Brüllen: „Kunigunde!
Komm! komm heraus!„
Es naht sich raſſelnd — Eulen ſchwirren —
Und Katzen ſchreyn —
Die Thüre knarrt — die Riegel klirren —
Es kömmt herein.

Die Weiber badeten vor Jammer
Im Schweiße ſich,
Als es, lautſchnaubend, in der Kammer
An Wänden ſchlich.
Jetzt naht es ſich der Mutter Lager;
Sie merkts, und ſpricht:
„Herr Teufel, ich bin alt und mager,
Ich bin es nicht!„

Das Mädchen, zitternd, wie die Taube,
Liegt tief im Nest;
Der Teufel, hungrig nach dem Raube,
Ergreift sie fest.
Und hält — ihr glaubt, im Schwefelrachen? —
Im Arme sie,
Und weiß es so geschickt zu machen,
Daß sie nicht schrie.

Halb todt vor Schrecken, reckt Sibylle
Zuerst das Ohr,
Dann, tief aus ihres Bettes Hülle,
Die Nas' hervor,
Und kreuzigt sich, und murmelt Sprüche;
Leer war der Ort,
Leer Kammer, Stube, Stall und Küche —
Das Mädchen fort!

Die ganze Stadt füllt das Gerüchte
Am Morgen gleich:
„O, denkt an eurer Sünden Früchte!
„Bekehret euch!
„Bey Frau Sibyllen war der Teufel.„
Und Jeder glaubt:
Die alte Hexe, sonder Zweifel,
Sey selbst geraubt.

Bald aber schmelzen fast in Thränen
Die jungen Herrn;
Selbst Alte weinten; nur die Schönen
Vernahmen's gern:
„Man las es gleich in ihren Augen,
„Sie war kein Lamm.
„Der Apfel fällt (was kann sie taugen?)
„Nicht weit vom Stamm.„ —

Wie Blutschuld, reuet Frau Sibyllen
Ihr böser Schwur:
Ach, thut der Teufel uns den Willen
Zur Strafe nur?
Das Kind, für das ich bat und bebte,
Nimmt er zum Raub;
Doch da mein Mann, der Schuft, noch lebte —
Da war er taub!

Sie bringt, in andachtvoller Trauer,
Die Tage zu;
Zur Nachtzeit lassen Fieberschauer
Ihr keine Ruh;
Für alles, was sie sonst beseelte,
Ist sie nun kalt;
Nur daß sie gern noch Batzen zählte
Und Mägde schalt.

Einst kömmt ein Herr im rothen Kleide,
Und bückt sich tief:
„Madam, ich meld' euch große Freude —
„Hier ist ein Brief!
„Ich soll euch zu Gevatter bitten,
„O, kommt geschwind!
„Zu lang hat euer Herz gelitten
„Um euer Kind!„ —

„Wie? Was?„ — „Erspart euch Frag'
                          und Zweifel!
„Ein Wort, Madam!
„Ich — zittert nicht! — Ich bin der Teufel,
„Der sie euch nahm.
„Das Knäbchen, das sie mir geboren,
„Hat sicherlich
„Nicht Pferdefuß, noch Hasenohren,
„Ist glatt, wie ich.„

Das Enkelchen, die Lift, die Freude,
Dieß alles bricht
Sibyllens Herz, nach solchem Leide;
Sie lacht, und spricht:
„Er kam zuerst zu meinem Bette,
„Besinnt er sich?
„Wenn ich nun nicht geschrieen hätte,
„Ich Närrinn, ich?„ —

Die Schönen hörten die Geschichte,
Erstaunt, und sahn,
Mit bittrem Hohn im Angesichte,
Die Heldinn an;
Doch manche klagte unverholen
Ihr Herzeleid:
„Ach, käm auch Einer mich zu holen!
Bald wär' es Zeit!„

XLV.

Glück und Unglück.

Erzählung.

1781.

Zwey Freunde, die sich lange nicht gesehn,
Begegneten sich einst; (den Ort hab' ich ver-
gessen.)
Wie gehts? fragt' Einer. — Wie soll's
gehn?
Bald hoch, bald tief. Ich hab' indessen

L

Ein Weib genommen. — Nu! das haft du
       gut gemacht! —
Nicht gar zu gut.   Zwar hat's im
       Schlafe
Zwey hundert Pfund mir eingebracht. —
Zwey hundert Pfund sind viel! — So gut
       wie nichts. Die Schafe,
Die ich dafür mir angeschaft,
Hat eine Seuche weggeraft. —
Ey! das ist ärgerlich. —   So sehr nicht!
       Woll' und Häute
Verkauft' ich, setzt' ins Lotto, und gewann
Zwey tausend Pfund. — Fürwahr! das Glück
       neckt seine Leute.
Nun bist du ja ein reicher Mann! —
Nichtsweniger.   Das Haus, in dem mein
       theuer
Erworbner Mammon lag, ging — denke dir
       den Streich! —

Ging gestern auf im Feuer. — —

Das nenn' ich Unglück! — Oder Glück?

das Feuer

Fraß Haus und — Weib zugleich.

XLVI.

An Lina.

1772.

Wie mir, seit ich dich gefunden,
Lina, meine Zeit entschlüpft,
Und das Chor der jungen Stunden
Unter Rosen um mich hüpft;
Wann, mit Zärtlichkeit verschwistert,
Freude, die im Busen wohnt,
Bald aus deinen Blicken flüstert,
Bald auf deiner Lippe thront;

Bey Geschwätzen, und beym Spiele
Mich dein Witz allein belebt,
Und zum Gipfel der Gefühle
Deine Silberstimme hebt; —
So verfliesse dir das Leben,
Mit dem Kummer unbekannt,
Und den Parzen, die es weben,
Führe Liebe selbst die Hand,
Daß nur sparsam in die frischen
Jugendlichen Farben sie,
Zum Bestand der Harmonie,
Einen dunkeln Faden mischen!

XLVII.

Verdienst und Zufall.

1 7 8 6.

Dem engen Wirkungskreis, der es bis
jetzt umfing,
Und der beneidenswerthen Stille,
An der sein Herz, wie an der Freundschaft,
hing,
Entriß sich das Verdienst, und unternahm
(war's Grille?
War es Bewußtseyn einer Kraft,

Die sich durch Nichtgebrauch verzehret und
erschlaft?)
Die mühevolle Wanderschaft
Nach Fama's Heiligthum.   Der Weg ist,
wie zur Hölle,
So breit und so besucht,   nur nicht so blu-
menreich.
Auf jedem Schritte droht ein Abentheuer
euch;
Ein neues Hinderniß bezeichnet jede Stelle.
Der Neider Völkchen büßt hier seine Scha-
denlust,
Stellt dem ein Bein,   stößt jenen vor die
Brust,
Und weiß dabey das Ansehn sich zu geben,
Als ließ es augenblicks für euren Dienst sein
Leben.
Bey solchen Fährlichkeiten,   denkt ihr leicht,
Daß das Verdienst, unfähig sich zu schmiegen,

Und ſchlau den Neckerey'n der Bosheit aus-
zubiegen,

Sein Ziel erſt ſpåt erreicht.

Allein ihr wåhnt, es hab' ihm, unverdroſſen,

Der Prieſter wenigſtens den Tempel aufge-
ſchloſſen,

Es heiß umarmt, und (mit den hergebrachten
Poſſen)

Den långſt beſtimmten Kranz ihm überreicht?

Nichtsweniger. Der Tempel war verſchloſſen.

Doch åhnlichen Empfangs iſt das Verdienſt
gewohnt.

Die kleinſte Bitte ward ſchon oft ihm abge-
ſchlagen,

Schon oft die ſchönſte That durch Worte nur
gelohnt.

Es faßt auch hier, für unbeſcheidne Klagen

Zu ſtolz, ſich in Geduld. Ein alter, blin-
der Mann

Läßt, mittlerweil', als Pförtner, wie er
kann

Und Luſt hat, Narren, ohne Fragen

Und ohne Wahl, nur weil ſie lauter
ſchreyn,

Und kecker ſich ihm nahn, zu Tauſenden
hinein.

Ein Jeder ſtrebt dem Andern vorzueilen.

Doch ſchnell erhob, ſchnell ſtürzte ſie das
Glück.

Stolz ging der Troß hinein, beſchämt kam er
zurück;

Nicht Einer durfte drinn verweilen.

Der alte Pförtner (ich weiß ſelbſt nicht
wie ?)

Nimmt endlich des Verdienſtes wahr: „Was
ſtehen Sie

So fern? Bin ich nicht werth, daß man das
Wort mir gönne?

Sie schmeicheln sich, daß Sie die Göttin kenne?

Sie trotzen auf ihr Recht? Doch mich ver=
schmäht

Man nicht umsonst. Hinein laß' ich den
Herrn — doch spät.

Ich statuir' an ihm ein warnendes Exempel,

Ich zeig' ihm, daß der Schlüssel zu dem
Tempel

Nie aus des Zufalls Händen kömmt. —

Längst lehrte mich, spricht das Verdienst,
die Sage,

Daß nichts den Einfluß deines Ansehns
hemmt,

Daß Mavors dir sein Schwerd und The=
mis ihre Wage

Vertraut, daß deine Hand, nach trüglichem
Gewicht,

Partheyisch Glück und Unglück, Kränkungen
und Ehren

Ausspendet, daß dein Mund, nach Launen
und Schimären,
Das Urtheil über Werth. und Unwerth
spricht.
Den Eintritt dieses Tempels magst du mir
erschweren —
Doch mich daraus vertreiben sollst du
nicht.

XLVIII.

Elegie
bey einer Wiege.

1766.

Schlaf' immerhin die erste Zeit des
        Lebens!
Dir gab die gütige Natur
Den süßen Hang zur Ruhe nicht ver=
        gebens;
Drum schlafe, Knabe, schlafe nur!

Noch athmest du, frey von der Erde
Sorgen,
Und fühllos gegen ihre Pracht;
Willkommen, gleich dem frischbekränzten
Morgen,
Ist dir die sternenlose Nacht.

Auf deinen Lippen schwebt der Unschuld
Lächeln,
Sie wachet über deiner Ruh,
Und ihre Genien, dir ähnlich, fächeln
Mit Rosen dir Erfrischung zu.

Ach, allzubald entreißt sich, pflichtver-
gessen,
Der Jüngling ihrer frommen Hut;
Und wählt, der Leidenschaften Bahn zu messen,
Zu seinem Führer — Uebermuth.

Schon schmücket sich die Lieb', ihn zu
empfangen,
Reicht ihm den Taumelkelch der Lust;
Er leeret ihn mit glühendem Verlangen,
Und trinkt den Tod, sich unbewußt.

Nun foltern ihn Verzweiflung, Reue,
Sorgen,
Todt ist er für der Schöpfung Pracht;
Nun trauert ihm der frischbekränzte Morgen,
Schreckt ihn die sternenlose Nacht.

Schlaf' immerhin, weil mit geheimen
Bissen
Kein Gram den stillen Busen nagt,
Weil noch das unversöhnliche Gewissen
Vor keinem Richter dich verklagt!

Ich schlief wie du. Jetzt meidet mich
der Schlummer;
Bang irrt im Lebenslabyrinth
Mein' Fuß umher; tief seufzt aus mir der
Kummer:
O Himmel, wär ich noch ein Kind!

XLIX.

An ein Brautpaar.

1 7 7 4.

Die ihr, voll Ungeduld, dem Glockenschlage
lauscht,
Da, unterm Klange der Pokale,
Der Gäste Schwarm vom hochzeitlichen
Mahle
Wegtaumelt, und, zum trauteren Signale,
Der Gott, der Eure Herzen umgetauscht,
Mit seines Thrones Vorhang rauscht;

Indessen eure Phantasie, berauscht
Vom wunderbaren Lethe, den der Sänger
Der Grazien Psychen sang, in Rosenhainen
irrt,
Und ach! von Ahndung neuer Wonn' euch
immer bänger
Um die beklemmten Herzen wird;
O, lebt, und liebt euch, nach der Sitte
Der goldnen Zeit, als eine Hütte
Die Liebenden umschloß, die willige Natur
Aus ihrem Ueberfluß sie nährte,
Und ihnen Bach und Wald und Flur
Die Mittel der Zufriedenheit gewährte!
Durch euer Beyspiel angereizt,
Bekehre sich, wer schon allmälich an der
Küste
Des Hagestolzeneylands kreuzt,
Bekehre sich zu Hymens Altar, und gelüste
Nach eines Weibchens warmer Zärtlichkeit,

M

Die uns, aus öder Einsamkeit,
Zum ersten Glücke der Geselligkeit
Allmächtig weckt. (Spricht sie zur Freude:
            Werde!
Zum Kummer: Flieh! wird Freude, Kum=
            mer flieht.)
Nach jenem Bunde, der herab zur Erde
Die Seligkeit des Himmels zieht;
Nach jener ewigen Verschwisterung von Seelen,
Bestimmt, sich hier zu finden, und zu wählen,
Und sich getreu bis in den Tod zu seyn.
Nach jenen unaussprechlichsüßen Sorgen
Für Wesen, die durch uns sich ihres Daseyns
            freun;
Nach jenen Küssen, Spielen, Tändeleyn,
Die, vor des Neides Blick verborgen,
Die Liebe nur belauschet und verschweigt;
Nach jenen frohen Tagen, deren Morgen
Aus froher Nächte Schoose steigt.

L.

Das Strumpfband.

1 7 8 6.

Von Grazien gewebtes Band,

Dich hat, für Danaen, von seiner Mutter
Gürtel

Schalk Amor, auf mein Flehn, entwandt.

Sey ihr das Sinnbild seiner Fesseln,

Geschmeidig, leicht und rosenfarb, wie sie!

Vielleicht ach! beugt, von dir umschlungen,

Dem Gotte sich ihr stolzes Knie!

LI.

Die Sängerinn.

1 7 7 3.

Halt, o Sängerinn, halt ein!
Deiner Töne süßes Beben
Dringt durch Mark und Bein,
Dringet mir ans Leben;
Jede Sait' ist überstimmt;
Wollust strömt aus allen Sinnen;
Meine Seele schwimmt
Auf dem Strom von hinnen.

Halt! Ich sterb'. Es ist genug!

Oder stirb mit mir im Singen,

Daß, in Einem Flug,

Himmelan wir dringen;

Denn nur dieses wissen wir

Von der Himmelsbürger Trieben,

Daß sie dort, wie hier,

Singen und sich lieben!

LII.

An Malchen.

1769.

Dieß Röschen, in der Knospe noch
verhüllt,

Der Unschuld ~~deines~~ Alters- Bild,

Eilt seinen Schwestern vorzudringen,

Um seinen Opferduft am ersten dir zu
bringen.

LIII.

Der May.

1769.

Liebend wärmt mit Mutterschwingen
Jede Nachtigall ihr Ey;
Männchen füttern sie und singen
Von der Segenskraft im May.

Den Hirtinnen, die schon wissen,
Wie so süß Gott Hymen sey,
Singen Hirten, unter Küssen,
Von der Segenskraft im May.

Alles liebt. Nur Leonoren
Flieht der Liebe Glück im May;
Um das Pfand, das sie verloren,
Seufzt die mütterliche Treu.

Gatte, tröste Leonoren,
Schenk' ihr einen Sohn im May!
Cypris ward im May geboren,
Und gebar den Sohn im May.

LIV.

Der künstliche Blumenstrauß.

1 7 8 2.

Die Blumen, Daphne, die, zu deinem
Feste,
Dein Hylas auf des Winters Fluren fand,
Entfalteten sich nicht, gepflegt von Florens
Hand,
Dein Lebenshauche lauer Weste.
Doch schwindet auch ihr sanfter Schimmer
nicht

Mit eines Sommertages Wonne.

Sie blühen immerfrisch — Dein Blick ist
ihre Sonne.

Und trotzen dem Geschick, das ihre Schwestern bricht.

So blüht der Kranz, den uns die Freundschaft flicht,

Indeß der Liebe wilde Rosen

Ein Stral versengt, ein Hauch verweht.

Er soll uns noch die weissen Schläfe schmücken,

Durch Götterduft uns noch erquicken,

Wann uns der Sensenschwinger mäht.

LV.

Der Antiplatoniker.

1 7 7 7.

Du glaubst, daß Hannchen mich bethört,
Daß sie auch frembes Flehn erhört?
Du, Narr, ich habe längst gedacht,
Daß sie's, wie jedes Mädchen, macht.

Sie liegt so schmeichelnd mir im Arm,
Erwiedert jeden Kuß so warm;
Ist das nicht alles, was ein Mann
Von seinem Liebchen fodern kann?

Du suchst Gefühl, ich Zeitvertreib.
Nimm du den Geist, laß mir den Leib!
Den besten Kauf, in seinem Wahn,
Hat jeder dann von uns gethan.

LVI.

An Madam Unzer

geborne Ackermann.

1778.

————————

Die Liebe winkte — schnell entsagteſt Du
dem Ruhme,
Vollendeteſt am Morgen Deinen Lauf,
Und hingſt den Lorbeerkranz, im Heiligthume
Der Muſen, lächelnd auf.
O möge Dir die Göttinn Tage ſpinnen,
Den Stunden gleich, da, Deines Zaubers
voll,

Ein ganzes Volk, mit allen Sinnen,

Vergnügen in sich sog, ein ganzes Volk den
Zoll

Des edelsten Gefühls Dir brachte,

Und, wenn der Vorhang fiel, nur Dich, nur
Dich noch dachte!

Mög' Er, der Dich Thalien untreu machte,

Der Sorge für Dein Glück sein ganzes Leben
weihn!

Nur dann kann sie den Raub des Lieblings ihm
verzeihn.

LVII.

Herr von Malaga und der Tod.

1 7 8 7.

"He! Läufer! Jäger! Mohr! Friseur!

Ist niemand da?

Wer läßt um Mitternacht noch Leute mir

in's Zimmer?„

Schreyt zitternd Herr von Malaga.

Ach, er probirte just mit Donna Flavia,

Dem Meteor der Opera,

Sein neues Postgespann vor seinem neuen

Schwimmer,

Als, plötzlich aufgeschreckt, er, bey der Lampe Schimmer,

Ein scheusliches Phantom an seinem Bette
sah.

„Ich bins, versetzt das Ding, Verzeihung
Ihro Gnaden!

Der Tod geht gern gerade zu.

Für unterbrochnen Schlaf harrt Ihrer ew'ge
Ruh.

Des Kammerjunkerjochs komm' ich Sie zu
entladen.

Fürwahr! geplagt, wie Sie, ist kaum Ihr
Hühnerhund.

Wer muß, gleich Ihnen, Aug' und Ohr und
Mund

Und Magen, Tag für Tag, dem Dienst des
Hofes leihen?

Wer muß das edle Herz zu niedrer Heu-
cheley,

Den hohen Geist zu Spiel und Plauderey
Und kalter Etikett', amtshalber, so ent-
weihen?
Fort! schlagen Sie der Sklaverey
Ein Schnippchen! Fort! verlieren
Sie keinen Augenblick, sich, ohne Ach und
Weh,
Von dieser Welt, wie aus der Assemblee,
A la françoise, zu skisiren. —
Scherz in des Todes Mund klingt — wie
ein Kyrie.
Mein Held, ob ihm vor Angst gleich jede Ner-
ve bebte,
Die Zähne klappten, und die Zung' am Gau-
men klebte,
Zwang (wie beym Basche sonst, wann Ehr'
und Seligkeit
Auf eines Würfels Fläche schwebte,)
Sein Muskelspiel zu falscher Heiterkeit,

N

Indeß er Spaniol in langen Zügen schlürfte:

„Mein Herr, erwiedert er, ich bin der Eitelkeit

So satt, bin so von Ihrer Achtsamkeit

Durchdrungen, Ihrem Ruf zu folgen so bereit,

Daß meiner warmen Dankbarkeit

Der Ausdruck fehlt. Doch wenn ich bitten

dürfte,

Bemühn Sie sich, mon cher,

Ein andermal gefälligst wieder her!

Denn morgen ist der Namenstag des Prinzen,

Und o! die vollste Cour wär', ohne mich, ihm

leer!„ —

„Und übermorgen, fragt der Tod mit Grinzen,

Giebt's Schauspiel, Schlittenfahrt, Ball oder

Rendezvous?„ —

„Gleichviel! Von morgen an sag' ich den Bac=

chanalen

Des Hofes gute Nacht, und denk', in tiefer

Ruh,

Was hilft es gegen Sie zu pralen?

Auf nichts, als — meine Schulden zu be-
zahlen.

Ich weiß, Sie gönnen mir zu diesem Zwecke
Frist.„ —

„Nein, weil der gnäd'ge Herr so gutes Sinnes ist,„

Muß man ihn hindern, ihrer mehr zu machen.„ —

Er sprachs, und als sich neuer List
Der Höfling noch besann, lag er dem Tod
im Rachen.

LVIII.

Der reisende Virtuose.

1786.

Die Virtuosenschaft steht eben nicht im Rufe

Der feinsten Lebensart. Auf ihrer höchsten Stufe,

Wie auf der niedrigsten, herrscht, sagt man, Bettelstolz,

Und Unzufriedenheit im Ueberfluß der Gaben

Fortunens, und ein Starrsinn, wie man ihn bey Knaben

Nur durch die Ruthe bricht. Jedoch ich will
nicht Holz
Zum Feuer zugeschüret haben.
Zu nah ist Poesie mit der Musik verwandt,
Zu heilig mir das alte Freundschaftsband,
Das einst, in beyder Künste goldnem Alter,
Die Trouvadours und die Jongleurs verband.
Unwürd'ge Glieder trift der Vorwurf, nicht
den Stand.)
Die Mutter des Genies ist — Schwärme
rey. Ein kalter,
Muthloser Alltagsmensch taugt nur zum Hand-
werksfleiß.
Der Meister jeder Kunst fühlt tief, begeh-
ret heiß,
Fragt nichts nach Lauf der Welt, sieht nur auf
sich, und weiß,
Daß, wenn beym Schatten selbst des Jochs er
sich nicht bäumte,

Pedanterey und Neid ihn bald zum Lastthier
     zäumte.

Genug für den Prolog! Er reimt mit
     meinem Plan,
Wie Text und Predigt. Hört! Das Drama
     selbst hebt an.

Ein Virtuos aus jenem Lande,
Wo, nächst der Weihe, keine Bahn
So leicht zum Reichthum führet, als —
     o Schande! —
Ein Messerschnitt, erwies dem deutschen Va-
     terlande
Die Ehr', und setzt' es einst in Kontribution.
Die Wochenblättler (Ehrenmänner,
Und aller Künste tiefe Kenner,
Und Schöpfer mancher Reputation!)
Verglichen seinen Silberton

Der ersten Sängerinn in Vater Zeis Orchester.

Zwar kenn' ich jene Primadonna nicht,
Doch wett' ich gleich mein glücklichstes Gedicht:
So göttlich, als der Musen zehnte Schwester,
Als unsre Mara, sang er nicht.
Er kam an einen Hof (ein Höfchen wollt' ich
sagen,
Das meine Chronika nicht nennt.)
Und, ob die Aussenwerk' ihm gleich nicht sehr
behagen,
So nöthigt ihn doch ein zerbrochner Wagen
Der Appetit, sein Element,
Und ach! ein Ding, noch leerer, als sein
Magen,
Sein Beutel, sich beym Marschall anzusagen;
Beym Marschall, der auch Kanzler, Prä-
sident,
Und General, und Haupt der Jägereyen,

Der Kirchen, hohen Schulen, Stuttereyen,
Und Sekretär des Luftballordens war;
Ein Orden, der so fein zum Staatssysteme
    paßte,
Daß er so Hof als Stadt und gar
Die Nachbarschaften in sich faßte;
Mit Ausschluß der Montur und Liverey
Stand (Hungers stürbe sonst die arme Kan-
    zeley)
Der Eintritt Jedermann für zehn Dukaten
    frey.
Seit lange war für Geiger und Kastraten
Dieß Ländchen das Schlaraffenland.
Kein Wunder, daß, so vortheilhaft bekannt,
Ein gnädigstes Gehör auch Bellavoce fand.
Die Durchlaucht, die im Zirkel der Ma-
    gnaten,
Umwölbt von einem Plüschsammt-Himmel,
    stand,

War so begeistert, daß das Klatschen ihrer
Hände
Den Baß zum Schweigen zwang; und sie, noch
vor dem Ende
Der schmelzenden Kadenz, ihm in die Arme
lief,
Aus voller Kehle, die noch von Champagner
rauchte:
Bravo! bravissimo! vortreflich! himmlisch!
rief,
Und in ein Meer von Lob ihn untertauchte.
„Beym Teufel! schloß das Lied, und müßt'
ich Sie mit Gold
Aufwiegen, großer Mann, ich nehme Sie
in Sold.
Was fodern Sie? Ihr' ist die erste
Stelle,
Mit Intendantenrang in meiner Leibka=
pelle,

Empfangen Sie zum Pfand den Ring —
  und diese Uhr!„

Mein Sänger, dein nichts als die Schelle
Zum Narren fehlt, bläst zur Karrikatur
Sich auf, und küßt den Rock; und pfeifet.

  „Monseignour,

Suis à vos ordres, für fünftausend Gulden.„

Betäubt, als säh er schon, zur Geißel seiner
      Schulden,
Sich den Sequester nahn, erwiedert in C dur
Der Fürst: „Wie? was? Ihm Gurgler!
      Ihm? fünftausend Gulden?

Mein Kanzler hat fünfhundert nur!„

„Mag seyn, spricht der Sopran mit unverschäm-
      tem Lachen,

Die Kanzler können Sie auch dutzendweise
      machen;

Doch ein Talent, wie meines, macht Natur.„

LIX.

Grabſchrift.

1783.

Dieß ungeſchmückte Grab deckt meines
Wallers Hülle,
Ach, die zu raſch der edle Geiſt zerriß!
Dem ſchlichten Glauben iſt die That ein Aer-
gerniß;

Empfindung betet an, und die Vernunft
ſchweigt ſtille.

LX.

Der Frager.

1786.

Wie? was? warum? ist Stentors Re=
     bekreis.
Gruß, Bitte, Rath, Erzählung, Wünsche,
     Klagen,
Vorwürfe, Schmeicheley'n, sind alles bey ihm
     Fragen;
Und wenn er euch nichts mehr zu fragen
     weiß,
Fragt er: was wollt' ich Sie doch fragen?

LXI.

Die Freyheit.

1772.

Endlich, endlich leb' ich wieder,
Dank sey deinem Unbestand!
Endlich sahn die Götter nieder
Auf die Qual, die ich empfand!
Abgeschüttelt ist, Selinde,
Meine Fessel, meine Binde;
Frey der Geist, das Auge frey,
Und mein Glück nicht Phantasey!

Leer von Lieb' ist jede Falte
Meines Herzens, kalt mein Blut;
Schwachheit lauscht im Hinterhalte
Nicht mehr, in Gestalt der Wuth;
Und bey deines Namens Klange
Klopft mein Busen nicht mehr bange;
Ich entfärbe jetzt mich nicht,
Seh ich dir ins Angesicht.

Wann der Schlaf mein Auge decket,
Schwebt dein Schatten nicht um mich;
Wann des Morgens Stral mich wecket,
Denk' ich nicht zuerst an dich.
Einsam auf den weiten Fluren,
Such ich nicht mehr deine Spuren;
Du gewährst, bin ich bey dir,
Nicht Verdruß, nicht Freude mir.

Ich kann wieder von dir sprechen,
Und kein Seufzer hebt die Brust;
Ich gedenk' an dein Verbrechen,
Keines Grolles mir bewußt;
Fliehe nicht, wann ich dich sehe,
Gleich dem aufgescheuchten Rehe;
Höre, selbst von dir, mit Ruh
Meinem Nebenbuhler zu.

Sieh verachtend auf mich Thoren,
Sprich mit mir, voll süßer Kunst;
An mir ist dein Stolz verloren,
Und verloren deine Gunst!
Sonst geschaffen zum Verführen,
Kann mich dieser Mund nicht rühren;
Mein verschloßnes Herz verlacht
Dieses Blickes Zaubermacht.

Freuden, die mich nun beseelen,
Dank' ich nicht mehr deiner Huld;
Und an Sorgen, die mich quälen,
Ist Selinde nicht mehr Schuld.
Hain und Hügel, Bach und Weide
Geben, ohne dich, mir Freude,
Und ein trauriger Pallast
Bleibt mir auch mit dir verhaßt.

Daß ich immer schön dich finde,
Sag' ich ohne Schmeicheley,
Doch nicht länger, daß Selinde
Reizender, als alle, sey.
Bey so vielen sanften Zügen,
(Hör' es nicht mit Misvergnügen!)
Merk' ich kleine Fehler da,
Wo ich sonst nur Schönheit sah.

Schmerzen gingen mir aus Leben,
Mich ergriff des Todes Hand,
Als ich mir den Pfeil, mit Beben,
Aus dem wunden Herzen wand.
Doch den Qualen zu entrinnen,
Selbst sich wieder zu gewinnen,
Sich vom Joche zu befreyn,
Werden alle Schmerzen klein.

So, von den verborgnen Stangen,
Reißt ein Vögelchen sich los,
Läßt am Leim die Federn hangen,
Flattert in der Freyheit Schoos;
Sein verlorenes Gefieder
Kömmt in wenig Tagen wieder;
Schüchtern sieht es um sich her;
Fangen läßt es sich nicht mehr.

O

Glaubeſt du, die Liebe breche
Aus der Aſche noch hervor,
Weil ich ſo von Freyheit ſpreche?
Reizet mein Triumph dein Ohr?
Mich beweget zum Erzählen
Ein geheimer Trieb der Seelen;
Von vergangnen Leiden fern,
Schildert ſie ein jeder gern.

Krieger ſchildern, nach dem Streite,
So das Schrecken der Gefahr,
Zeigen, ſtatt der goldnen Beute,
Lächelnd ihre Narben dar.
So, von langer Qual entbunden,
Zeigt ein Sklave froh die Wunden,
Die ihm einſt ſein Wütrich ſchlug,
Und die Ketten, die er trug.

Ich erzähle nur dem Winde,
Weil das Reden mich erfreut;
Unbekümmert, ob Selinde
Ihren Unbestand bereut.
Ob sie mein Geschwätze höret,
Ob es ihren Frieden störet,
Ob sie lachend von mir spricht,
Ob sie seufzet, frag' ich nicht.

Ungetreu ist, die ich fliehe,
Du verlierst ein treues Herz.
Wer vergißt mit leichtrer Mühe
Von uns beyden seinen Schmerz?
Sanft und redlich, wie die meine,
Findest du der Seelen keine;
Eine Falsche, die dir gleicht,
Falsches Mädchen, find' ich leicht!

LXII.

Der Lohn der Treue.

1771.

Auch die Sprödeste der Schönen
Widersteht nicht langem Schmerz,
Und der Liebe Freuden krönen
Endlich ein getreues Herz.

Ach, wie süß sind alle Sorgen,
Jede Mühe, wie so leicht,
Wenn man träumet: morgen, morgen
Wird ihr stolzer Sinn erweicht!

Wild, auf ungebahnten Wegen,
Bricht der Strom durch Fels und Stein;
Leisetröpfelnd bringt der Regen
Endlich auch in Marmor ein.

LXIII.

Pauline.

1785.

Namenloſer Vaterfreuden,
Namenloſer Vaterleiden
Theurer Erſtling! Nein, ich will nicht mei-
ne Bruſt
Ueber deinen unerſetzlichen Verluſt
Wild zerfleiſchen, noch, mit ausgerauftem
Haar,

In ein Meer von Thränen mich versenken.

Deines kurzen Lebens will ich denken,

Das der Gottergebung Schule war.

Und, wenn mich des falschen Glückes
Sonne

Jemals wieder blendet, blick' ich auf dein
Grab.

In der Knospe sank hier meine Wonne
Und mein Stolz hinab.

LXIV.

Gustav.

1785.

Er kostete den Kelch des Lebens, fand
ihn herbe,
Schloß sanft die Augen wieder zu.
Gib, guter Gott, gib, wann ich sterbe,
Mir diesen Ueberdruß des Lebens, diese
Ruh!

LXV.

An Madam Ettinger.

1 7 8 5.

───────────

Laß, unentweiht von böser Luft,

O Freundinn, meinen Opferduft

An deinem Feste dich umwallen,

Und meine Wünsche, troß der Kluft,

Böfer Luft. Die kleinen Töchter des Verfaffers lagen noch an eben dem Fieber frank, das feinem einjährigen Sohn weggerafft hatte.

Die lang uns schied, in deine Seele schallen!

Ach, Gustav sollte sie dir heut' entgegen-

fallen —

Doch diesen Traum verschlang die Gruft.

Ein schönres Loos sey dir gefallen!

Dir werde spätes Wohlgefallen

Und ungetrübte Lust an deinen Kindern

allen.

LXVI.

Der Trost.
Epistel an einen Freund.

1 7 6 9.

Freund, welcher Nordwind, schwarz vom
Gifte,
Gießt seines Aushauchs bange Düfte
Auf deines Lebens schönste Zeit,
Und raubet dem verwelkten Herzen
Den Eifer und die Thätigkeit?
Tief wütende, geheime Schmerzen
Zernagen langsam deine Kraft,

Dein ganzes Triebwerk ist erschlafft.

Du denkst — zerrissene Gedanken

Durchkreuzen sich, von Troste leer.

Du gehst und deine Schritte wanken,

Und hinter dir hinkt Reue her.

Verlassen, scheu, dich selbst verzehrend,

Durch nichts zum Leben angefacht,

Am Morgenroth die Nacht begehrend,

Noch matt von der, die du durchwacht,

Gleichgültig, wenn ein Tag verlohren,

Vor jedem neuen Tage bang;

Verzeihe meines Herzens Drang,

O, du, vor allen mir erkohren!

Und lausche, mit geneigten Ohren,

Der Freundschaft tröstendem Gesang,

Dem Rath, den die Vernunft geboren!

Und du, die mit gelinder Hand

Mir tiefe Wunden oft verband,

O Göttinn! — Wohlthun ist dein Name —
O Freundschaft, jeder Tugend Saame!
Du, unsres Wesens bester Theil,
Erhabne Leidenschaft des Weisen!
Dir fleh' ich, deine Macht zum Heil
Des besten Mannes zu beweisen!

O, lächle mir Erhörung zu,
Daß wir dich Schöpferinn der Ruh,
Und Schutzgöttinn des Lebens preisen!

Ein Herz, das lang' im Stillen litt,
Mit Schwachheit und mit Irrthum stritt,
Gern weihst du es zum Heiligthume,
Bewährest dich, zu schönerm Ruhme,
Gern unter Leidenschaften groß.

In gifterfüllter Kräuter Schoos
Blüht so die edle, kleine Blume.

Fort aus der Freundschaft Heiligthume,
Ihr Stolzen, deren kalte Brust
Nicht brüderliche Nachsicht nähret,

Die ihr aus Furcht nur Tugend ehret,
Und schuldlos bleibt, weil keine Lust
Das matte Blut in euch empöret!
Das Paar der ersten Freunde war
Gewiß ein unglückfel'ges Paar;
Zwey Seelen, ihres Daseyns müde,
Durch gleiche Leiden sich verwandt,
Von gleicher Neigung lang' entbrannt;
Sie fanden sich, und fanden Friede,
Und schlangen schmelzend Arm in Arm,
Und trauten, von Empfindung warm,
Sich ihres Herzens tiefste Schwäche
Und mischten ihrer Thränen Bäche,
Und drückten sich, zum ew'gen Bund,
Der Treue Kuß auf ihren Mund.
Folg' ihrem Beyspiel! Laß uns weinen!
Laß meine Wehmuth mit der deinen
In lauten Klagen sich vereinen!
Wie? hat des Schicksals Tyranney

Sogar die Thränen dir entrissen?

Weh dir! Auch ihren Trost zu missen!

Du gränzest an den Finsternissen

Unheilbarer Melancholey.

Auf! Sprenge dieses Schlummers Bande,

Der deinen Geist gefesselt hält.

Wer leidet, ist noch auf der Welt.

Fühllosigkeit schwebt schon am Rande

Der Gruft. O, brich, wie ein Volkan,

Nach dumpfer Stille, los! Es schlage

Des Unmuths Flamme himmelan!

Es übertäube deine Klage

Den sturmempörten Ocean!

Verzweifle! Fluch', im bittren Wahn,

Dem milden Vater deiner Tage —

Der ganzen Welt! Ja, schon' im Grimm

Selbst meiner nicht! Dein Ungestümm,

Er wird mich schmerzen — nicht er=

schrecken.

Doch dieser Zustand sträubt mein Haar.

Er ist der Gipfel der Gefahr,

Den schon des Todes Schatten decken;

Wo unser Geist, durch nichts erfrischt,

Verschmachtend — in sich selbst erlischt.

Den Steuermann, seit langen Jahren

Mit den unzähligen Gefahren

Der ungetreuen See vertraut,

Ihn, dem vor Stürmen nicht mehr graut,

Verläßt der Muth, wenn Todtenstille

Den Aether füllt, das Schiff erstarrt,

Und Kunst und Fleiß und guter Wille

Unthätig auf Befreyung harrt,

Der West das schlaffe Seegel kühlet,

Und matter Schaum das Ruder spület.

Erfahrner Eifer, weiser Muth

Bestehen, ohne feiges Zittern,

Den Kampf mit Stürmen und Gewittern.

Sie sind die Bilder unsrer Wuth.

Ihr Toben schweigt, es sinkt die Flut,
Und, bey des jungen Morgens Helle,
Entdeckt des Bootsmanns wacher Blick
Das nahe Land, und preist sein Glück.
So rissen Fehler, Unglücksfälle
Ein edles Herz von Tugend los;
So wirft selbst der Verzweiflung Welle
Es wieder oft in ihren Schoos.

Glaubst du, der Menschheit Elend drücke
Nur dich? (Oft ist's der Selbstsucht
Wahn.)
O sieh mit unbefangnem Blicke
Die Menschen, deine Brüder, an.
Sie kämpfen alle, leiden, klagen;
Der Glücklichste hat seine Plagen,
Der Freyste seine Sklaverey;
Der Eine wirklich; Andre zagen
Vor Schrecken ihrer Phantasey.
Es sehn, es hören alle Zonen

Des Kummers Spur, der Schwermuth
Ach!

Monarchen weinen hoch auf Thronen,
Der Landmann unterm Hüttendach!

Oft fließet die geheime Thräne
Bey eines Grabes dunkler Scene,
Von Menschenaugen ungesehn;

Oft wird sie grausam stark ersticket;
Die selbst, die kaum das Licht erblicket,
Beweinen, daß sie es gesehn.

Doch, Freund, in diese Saat von
Kummer
Ist auch Vergnügen eingestreut;
Der Hofnung Reiz, der süße Schlummer,
Der Trost erhabner Zärtlichkeit,
Was lehrten sie uns nicht vergessen?
Nein, ganz an Freuden arm ist nie
Das Loos dem Staube zugemessen.

Der Himmel schenkte dir Genie;

Genie, sein seltenstes Geschenke,

Er hat dich nicht voll schwarzer Ränke,

Nicht zum Beherrscher einer Macht,

Nicht groß, nicht reich, nicht arm gemacht.

O! dank' ihm durch ein frohes Leben.

Erkenn', erfülle deine Pflicht

Als Mensch, als Bürger, als Gemahl,

Als Vater! Jede krönet Segen.

Versuch' es! Ruhn wird deine Quaal,

Der Sturm in deiner Brust sich legen.

Umsonst sucht der Sophisten Chor

Der Tugend Saamen auszurotten

Und bitter jeder Pflicht zu spotten.

Leih' ihrem Hohne nicht dein Ohr!

Gott selbst gab uns der Pflichten Bande.

Durch sie bereiten wir uns vor

Zu jenem väterlichen Lande.

Dem Frevler nur sind sie zur Last,

Thier, wünscht er sich des Thieres Rast.
Voll Dankes ehret sie der Weise.
Ihm sind sie auf der öden Reise
Aufmunterung, Erquickung, Speise,
Sein letzter Wunsch, wenn er erblaßt.

Wer ist so tief in Schmerz versunken,
Daß auch nicht Eines Triebes Funken,
Im Innersten der leeren Brust,
Vielleicht ihm selbst noch unbewußt,
Des Hauchs der Freundschaft wartend,
             glimmte?
Nicht Eine Saite seiner Brust
Mit ihrem sanften Tone stimmte?
O, daß ich der Beglückte sey,
Der durch die frömmste Zauberey
Dein krankes Herz unmerklich täusche,
Und endlich, fern von eitler Pracht
Und von ermüdendem Geräusche,
In einer Laube holden Nacht,

Wo schweigende Betrachtung wacht,

Dich mit der Freude wieder söhne!

Doch, daß dein Geist von ihrem Blick

Und ihrer Wange Glut zurück:

Geschreckt, sie nicht verhöhne —

Verschleyre sich die junge Schöne!

Der Blinde, der die Finsterniß,

Die ihn umwölkte, kaum zerriß,

Wagt nicht an hellen Sommertagen

Sein schwaches, blinzendes Gesicht

Verwegen in das volle Licht.

Er übt die Blicke, die noch zagen,

Der Sonne Feuer zu ertragen,

An Oertern, wo ihr Stral gedämpft

Mit braunen Schatten dämmernd kämpft.

Laß dich sein kluges Zaudern lehren,

Laß Sicherheit dich nicht bethören,

Freund, eile langsam zu Genuß!

Vergleiche dich auf allen Schritten

Dem Triebwerk, deffen Bau gelitten,
Und das, will es nicht ganz zerrütten,
Der Meifter langfam beffern muß!

Des Lebens Becher zu genießen,
In welchen Wohl und Wehe fließen,
Und dieß durch jenes zu verfüßen,
Das ift des Weifen Wiffenfchaft,
Der fich auch Glück im Unglück fchafft.

LXVII.

An Arist,
in ein Taschenbuch geschrieben.

1 7 8 0.

Geweiht sey dieses Taschenbuch

Dem großen Kram von Kleinigkeiten,

Die sich um dein Gedächtniß streiten!

Vertrau' ihm Rechnung, Brief, Bestellung,

Gang, Besuch,

Und was dem Denker sonst noch leichter zu
verrichten,
Als zu behalten ist! — Für heiligere
Pflichten
Ist dir dein Herz, Arist, das treuste Ta-
schenbuch.

LXVIII.

An ein fernes Brautpaar.

1 7 8 4.

———

Verwundete von Amors Pfeilen,

Ihr, deren krankes Herz zu heilen,

Gott Hymen lächelnd heut erscheint!

Vernehmt, trotz sechs und dreyßig Meilen,

Daß Mutter, Schwester, Bruder, Freund

Die Freude dieses Festes theilen,

Daß ihre Geister um euch weilen,

Ihr Wunſch mit eurem ſich vereint! ――

Vielleicht daß ſie, eh ihrs vermeint,

Wann eures Bundes Jahrstag ſcheint,

Die Kluft von ſechs und dreyßig Meilen,

Geflügelter, als dieſe Zeilen,

Auf einem Wolkenſchiff durcheilen,

Zu ſehn, was in der Wiege weint.

LXIX.

Lied.

1781.

Wie der Tag mir schleichet,
Ohne dich vollbracht!
Die Natur erblaſſet,
Rings um mich wird's Nacht.
Ohne dich hüllt Alles
Sich in Schwermuth ein,
Und zur öden Wüſte
Wird der grünſte Hain.

Kommt der Abend endlich
Ohne dich heran,
Lauf' ich bang und suche
Dich bergab, bergan.
Hab' ich dich verloren,
Bleib' ich weinend stehn,
Glaub', in Schmerz versunken,
Langsam zu vergehn.

Wie ich ahndend zittre,
Wann dein Tritt mir schallt!
Wann ich dich erblicke,
Wie das Blut mir wallt!
Oefnest du die Lippen,
Klopft mein ganzes Herz.
Deiner Hand Berühren
Reißt mich himmelwärts.

LXX.

Stroth's Grabschrift.

1 7 8 5.

Hier liegt ein Mann, um den die Mu-
se sich
Mit der Gesellschaft schlau verglich.
Ein Mann, der beyde brüderlich
Mit gleichgetheilter Lieb' umfaßte,
Für sie nur athmete — für sie zu früh er-
blaßte.

LXXI.

Das unbefangene Mädchen.

1 7 8 6.

Ich bin ein Mädchen, fein und jung,
Und bin Gottlob! noch frey:
Ich weiß nichts von Romanenschwung,
Und hass' Empfindeley.

Leicht fließt mein Blut. Ich liebe Scherz,
Ich liebe Sang und Tanz.
Mein Reichthum ist — ein frohes Herz;
Mein Schmuck — ein Blumenkranz.

Ich schlage nicht aus Evens Art,
Leichtgläubig, eitel, schwach;
Und Neugier, liebe Neugier, ward
Mein Erbtheil siebenfach.

Auch flieh ich nicht der Männer Spur.
Mir sagte die Mama:
Wir armen Mädchen wären nur
Um ihrentwillen da.

Drum schleicht in meinen schlichten Sinn
Kein blöder Stolz sich ein.
Wohl mir, daß ich ein Mädchen bin!
Laßt Andre Engel seyn!

LXXII.

Die Nachkur.

Epistel

an

den Prinzen A. v. S. G.

1783.

Verdauen, Prinz, ist mehr werth, als
Erfinden,
Und sanfter Schlaf mehr, als Gelehrsamkeit.
Was hilft die Kunde der Vergangenheit,
Was hilft die Weisheit seiner Zeit,
Was hilft ein Saitenspiel, - von Phöbus
selbst geweiht,
Dem Manne, dessen Kräfte schwinden,

Der Komus Freuden ängstlich sich versagt,
Und, wie vor Schierling, sich vor Evans
Becher hütet,
Weil ihm ein Wurm, der gern in Lorbern
brütet,
Hypochondrie am Lebensfaden nagt?

O du, für dessen unschätzbare Tage,
Die Menschheit jüngst, gebeugt im Staub,
Zum Himmel rief! Laß dich erweichen!
Jage
Gemächlicher den Musen nach! Der Raub,
So sehr auch seine Flitterseite blendet,
Lohnt oft des Athems nicht, den man um
ihn verschwendet.
Denk' an den Mann, den Schalkheit, Lau-
ne, Witz,
In jenem schönen Land, (einst ihrem Lieb-
lingssitz!)

Q

Zu seinem Landsmann Flakkus heben! *)
Den Wink, den er dir gab, als vom Be-
streben
Um Frauengunst und Minnesold
Die Rede war: (gern faßt' ich ihn in Gold)
„Die Schönen sind so lang, und ach, so
kurz — das Leben!„ —

Wend' ihn auf die neun Schwestern an!
Ja, länger sind und waren keine Schönen.
Wer ihnen huldigt, muß, so lang' er ath-
met, fröhnen,
Und hat, am Ende seiner Bahn,
In ihren Augen nichts, als — seine Pflicht
gethan.

Mit ihnen, Zephyrn gleich, die unter
Blumen tändeln,

*) Der Abbée Cagliani in Neapel.

Zu scherzen, Prinz, ist süß; doch weg mit
                   Herzenshändeln!

Wen das Geschick, wie dich, sie zu beschü=
                   tzen rief,

Der warte seines Amts! der sinke nicht so
                   tief,

An ihrem Altar selbst zu dienen! —

Was thu' ich? Schlösse man aus meinem
                   Ernste nicht,

Ich warnte dich aus Eifersucht vor ihnen?

Und doch ists nur der reinsten Ehrfurcht Pflicht,

Ist's F r e u n d s c h a f t nur, (verzeih das Wort!)
                   die aus mir spricht.

O, daß die Hofnung erst, die kaum durch Ne=
                   bel bricht,

In hellen Mittag sich verkläre!

O, daß erst, gleich dem Lebenssaft

Der Eich' im Lenze, neue Kraft

In dein erschöpftes Triebwerk wiederkehre!

Daß erst dein blühendes Gesicht
Uns der Gesundheit Sieg verkünde!
Dann wiederruf' ich, und entbinde
Dich jauchzend jeder Krankenpflicht.

Wo stockt es noch? Dank, Lieb' und
Ehre
Sey deinem Aeskulap! Doch, wenn ich
Sulzer wäre,
Ich ließe jezt Hypokrates in Ruh,
Die Apotheke schlöss' ich zu,
Und Küch' und Keller auf. Du lächelst des
Phantasten?
O, duldsam, wie du bist, versag' ihm nicht
das Ohr!

Ich schriebe dir das strengste Seelen=
fasten

Zur Nachkur, schriebe dir ein klösterliches
Fasten
Von Sorgen und Geschäften, vor.

Du pflegtest, Domherrn gleich, bey immer:
frohem Muthe
Vor allen Dingen, deinen Bauch.

Das Werkzeug deiner Laune ruhte
Im trocknen Dintenfaß, nach weiland Für=
stenbrauch.

Und, weil das Feuer deiner Rede sich dem Blute
Schnell mittheilt, schränktest du auf karges
Ja und Nein
Der Unterhaltung Zauber ein.

Du gäbst den müssigsten Geschwätzen,
Gesundheitsmärtyrer! dein Ohr am liebsten
Preis;
Und suchtest, deinen Geist zu letzen,
(Ja nicht aus Augenlust!) der jüngsten Mäd=
chen Kreis.

Selbstlesen taucht den Kopf in Glut, die

Füß' in Eis.

Ein Neuling in der Kunst zu lesen,

(Denn Ohrenkitzel selbst verspätet das Genesen)

Erbaute dich mit Büchern meiner Wahl.

Zwar brauchts mein vidit nicht zu Zeitung

und Journal;

Denn diese Labeschriften stillen

Schlaflosigkeit und Krampf, trotz Opium und

Pillen.

Doch läg' im siebenfachen Bann

Das Heer Aesthetiker, Sprachforscher, Phi=

losophen —

Poeten selbst. Nur dann und wann

Gönnt' ich, zum Nachtisch, dir, großmüthig,

ein Paar Strophen

Aus Oberon, der bald von tiefem Spleen

entladen,

Bald in die tiefste Schwermuth wiegen kann;

Und zur Abkühlung, noch ein Tellerchen —
Scharaden.

Du siehst, dein neuer Arzt ist kein
Tyrann.

Er weiß der Freuden mehr, die seinem Zweck
nicht schaden.

Exempli gratia — Musik? Sie peitscht das
Blut,

Spannt jede Nerve, schlägt dem Herzen
Wunden;

Zu lebhaft hab' ich's oft bey Orpheus
Schlick*) empfunden.

Schach? Das verhüt' Apoll! Schach hat,
aus Uebermuth,

Ein Schach, der nichts bedurft' — als Arbeit,
einst erfunden.

*) Violoncellist in des Prinzen Diensten.

Nein, Prinz, nichts täuscht so sanft die Win:
                              terabendstunden,

Nichts setzt allmächtiger den Grillen Maas
                              und Ziel,

Als, — was der Schwester Evens, was
                              Pandoren,

Nebst andern Messern in der Hand des
                              Thoren,

Aus der verbotnen Schachtel fiel:

Als — frommes Kartenspiel!

Doch frommts nur dann, wenn (zürnet nicht,
                              ihr strengen

Kunstrichterchen, daß, allzukühn vielleicht,

Die Muse Groß und Klein vergleicht!)

Wenn uns, nach Opernart, die Zeit, beym
                              Kartenmengen

So sanft, als dort beym Ritornell, ver:
                              streicht,

Und, wie dort Liedern und Gesängen

Verstand und Interesse weicht,
Auch hier die Handlung unter Episoden
schleicht,
Und, zwischen jedes Blatt, sich Frag' und
Antwort drängen.

O, möchtest du mein Recipe,
Statt Pulver, Tropfen, Kräuterthee,
Geliebter Prinz, zur Probe, wagen!
Was gilts? Nach wenig ausgeharrten
Tagen,
Erschienest du (nicht bleich und abgezehrt,
Wie, bey der Fasten Schluß, Karthäuser in
den Metten:)
Nein, wie ein Abt, der blühend, wohl-
genährt,
Vom Fastnachtsschmauß zur Aschenweihe
fährt.
Die Grazien und Scherz' und Amoretten

Umschlängen dich mit Blumenketten,

Und feyerten, durch Tanz und durch

Gesang,

Den Prinzen, den, zu Vieler Heile,

Higya der Gefahr entschwang,

Den Weisen, der sich selbst bezwang,

Und den Triumph der Langenweile!

LXXIII.

Der väterliche Segen. *)

1785.

„Sey fleißig, Sohn, und werd' ein bra=
ver Mann!„

Das ist der Väter erster Segen;

Und er umfaßt, was, auf den Lebenswegen,

Der beste Freund dem andern wünschen

kann.

*) Im Namen eines Vaters, am Hochzeittage seines
Sohnes.

Gibt's für das Laster Glück? Gibt's Ehre für
den Trägen?

Erndhret stiller Fleiß, wenn ihm Genügsamkeit

Zur Seite geht, nicht jeden Stand hienieden?

Und lohnt sich nicht Rechtschaffenheit,

Durch Achtung bey der Welt, und innern
Seelenfrieden?

Unendlich sind die Preise zwar verschieden,

Die dem Verdienst Fortunens Laun' ertheilt,

Doch wer, entfernt vom thörichten Gewühle,

Das ihren Tempel sucht, nicht unter Blumen weilt,

Und tollkühn nicht am schroffen Abgrund
eilt —

Dringt endlich doch zum langerflehten Ziele.

Oft auch erleichtert ihm den Gang ein Freund,
und spricht

Geduld ihm ein, und weht, mit Myrten=
zweigen, Kühle
Ihm in das glühende Gesicht —
Und das ist Amor! — Jener Wildfang
nicht,
Der, unersättlich, nur nach neuen Opfern
angelt,
Stets im Vergnügen schwimmt, und doch an
Freude mangelt;
Der mit Gelübden scherzt, zum Zeitvertreib
entehrt,
Und falscher, als das Glück im Spiele,
Gefallner Unschuld kalt den stolzen Rücken
kehrt. —
Nein, er, der Schutzgott heiliger Gefühle!
Der seine Lieblinge für ernste Proben spart;
Doch dem Geprüften, dessen Heldenglaube
Fest an ihm hält, ein Weibchen guter Art
Zum schönsten Erbtheil aufbewahrt;

Ein Weibchen, die der Turteltaube,

An Sanftheit und an Treue, gleicht;

Die, anspruchslos, in schlichter Alltags-
haube,

Die niedern Seegel gern vor stolzen Flaggen
streicht;

Die ihren Gatten nicht lau, vor der Welt
nur, ehret,

Und, stillentbrannt, auf andre Siege sinnt;

Die für ihn lebt; die, was sein Fleiß
gewinnt,

Durch kluge Häuslichkeit vermehret;

Nicht Stunden, die der Küche heilig sind,

Im Sopha beym Roman verträumt, beym
Putz verleyert,

Noch jeden Gallatag der Göttinn Mode
feyert;

Die für Natur und Tugend glüht,

Und ihre Kinder selbst erzieht.

Der Segen, den auch ich, aus from:
men Herzen,
An deiner Wiege sprach, mein Sohn, er
ist erfüllt!
Und schön, wie dieser Tag, erhellt von
Hymens Kerzen,
Steht dein Geschick vor meinem Blick
enthüllt!

LXXIV.

Der zum Dichter gewordene Arzt.

1 7 7 4.

Amynt, mein Arzt, erleb' ich das an dir?
Die Hand, sonst nur vertraut mit Schnep-
                    per und Lanzette,
Und dem noch schrecklichern Skalpier,
(Die, wär' auch selbst die Hand Cytherens
                    ihr
Begegnet, nur, aus Kunstmanier,
Der Göttin Puls gefühlet hätte!)

Streut, nicht Recepte, streut jezt — Vers=
chen aufs Papier,
Die nicht schnellflüßiger aus Trillers Fe=
der liefen.

Was staun' ich? ist der Gang des Geistes
uns bekannt?
Geschehen nicht in seinen Tiefen
Der Dinge viel, bey denen der Verstand
Des Denkers stiller steht, als je vor Hiero=
glyphen
Ein Alterthümerkrämer stand.
Wenn die Natur, mit schöpferischen Händen,
Den Thon geformt, kann nicht das Ungefähr;
(Helvetius fällt der Beweis nicht schwer)
So wie zum Marsyas, ihn zum Apoll vol=
lenden?
Wie spränge das Genie aus eines Dummkopfs
Lenden?

R

LXXV.

Verschmähte Liebe.

1 7 8 4.

Trocknet Thränen! schweiget Klagen!
Länger kann ich's nicht ertragen,
Der Verachtung bittres Loos.

Mutter Erde, hab' Erbarmen!
Freundlich öffne sich mir armen
Liebesmärtyrer dein Schoos!

Lebe wohl, Kind meiner Sorgen,
Rosenbusch, den, jeden Morgen,
Ich mit meinen Thränen goß!

Und du, liebe, treue Taube! —
Deine Mutter ward zum Raube,
Meine Pflege zog dich groß. —

Ach, du lohnteſt mir mit Dufte! —
Ach, du kamſt, wann ich dir rufte —
Und die bange Zeit verfloß!

Nur von euch empfing ich Freude!
Nur von euch, geliebte Beyde,
Reißt mein Herz ſich blutend los!

Dir, Amine, klopft es Segen,
Frey von Grolle, noch entgegen,
Dir im letzten Todesſtoß.

Schwimm' in rauſchendem Vergnügen,
Kränze ſtolz, zu neuen Siegen,
Dich mit meines Hügels Moos!

LXXVI.

Weiberlist.

1779.

Weiberlist höhnt Schloß und Riegel;
Selbst ein Argus wird berückt,
Wenn nicht Zärtlichkeit das Siegel
Auf den Bund der Treue drückt.

Wilder schwärmet, hinter Gittern,
Die entbrannte Phantasie;
Die, wie Sklaven, vor ihm zittern,
Lieben ihren Gatten nie.

Oefter macht der Mangel Diebe,
Oefter, als Gelegenheit.
Liebe nur erzeuget Liebe,
Treue nur Beständigkeit.

LXXVII.

Weinlied.

1782.

Bacchus ist der Suada Vater,
Macht die Stummen selbst beredt.
Stark und lieblich, heil und nett
Strömt die Rede von den Lippen,
Wann sein Taumel aus mir spricht.
Dann weich' ich dir selber nicht,
Magne Marce Tulli!

Bacchus ist der Verse Vater,
Bacchus Becher hebt den Muth,
Schärft die Sinne, füllt mit Glut,
Ist die ächte Hippokrene.
Freude, Laune, Grillenhohn
Trinkt aus ihm Anakreon,
Gleimius et Flaccus.

Bacchus ist der Liebe Vater,
Gibt der Jugend neuen Schwung,
Macht das Alter wieder jung.
Ueber Mängel, über Flecken
Breitet er sein Zauberlicht;
Mehr vermag dein Gürtel nicht,
O, Regina Gnidi!

Wein, dich ehrt man im Olympus,
Dich im düstern Schattenreich!
Du nur tränkst, dir immer gleich,
Bald als Nektar, bald als Lethe,
Götter mit Unsterblichkeit,
Menschen mit Vergessenheit,
Atrum ad Cocytum!

LXXVIII.

Prolog. *)

1 7 8 4.

———————

Verzeiht, ihr Herrn und Damen, daß
mein Knie

Noch wankt, mein Herz noch bänglich klopft! —

Ach, nie

Ergriff mich dieß Gefühl, wann ich der Sym-

phonie

*) Für H. Bellomos Gesellschaft zur Eröfnung ihrer
Vorstellungen zu Gotha im Frühjahr 1784.

Begeisterndem Signal sonst froh entgegen
lauschte,
Und, mit dem letzten Ton, der stolze Vorhang
rauschte.

Und doch — wie lange schon buhlt' ich nicht
um das Glück,
Vor euch zu stehn! und doch — ist dieser
Augenblick
So festlich mir, daß ich, so karg auch
das Geschick
Mein Loos beschied, ihn nicht um Schä-
tze tauschte.

Ist dieses nicht die Stadt, wo sich der
goldnen Zeit
Des Schauspiels hohe Muse freute?
O, Zeit, der ihre Dankbarkeit,
Im Vorhof der Unsterblichkeit,

Mit Flammenschrift ein Denkmal weihte!
Beglückte Zeit — wo bist du hin?

Hat einst nicht hier, von allen Schreck=
niſſen ?
Melpomenens umringt, Medea : Sei=
lerinn
Die Herzen bald zermalmt, bald blutend hin=
geriſſen?
Nicht Brandes hier, als ſanfte Dul=
derinn
Auf Naxos,*) von Cytheren jene Thränen,
Mit denen um Adon ſie jammerte; geliehn?

Und weckten nicht der Hellmuth Me=
lodien
In jeder Bruſt ein wolluſtreiches Sehnen,

*) Im Melodrama Ariadne.

Der Ahndung gleich, in der wir Harmonien
Der Himmlischen zu hören wähnen?

    Vergaßt ihr Boek, verfolgt von Eume:
        niden?*) Schallt
Nicht mehr in Eurem Ohr sein namenloses
        Stöhnen,
Sein dumpfes Angstgeschrey? — Und wallt
Vor Eurem Blick nicht mehr, im Traum ely:
        sischer Scenen,
Alcestens**) herrliche Gestalt?

    Saht Ihr die Meisterinn, von der Na:
        tur gelehret,
Beredt, auch wann sie schweigt, bezaubernd,
        wann sie spricht,
Die glänzendes Talent durch seltnern Wandel
        ehret,
Die tugendhafte Starkinn nicht?

---

*) Als Orest, im Trauerspiele dieses Namens.
**) Madam Koch.

Und reizte nicht auch euch, im Abend-
schimmer
Der Schönheit, reich an Witz und schlauem
Mienenspiel,
Die Huldinn Mecour — ach, für die auf
immer
Der Lebensscene Vorhang fiel!

O, Stadt, die neue Zierden deutschen
Bühnen,
Die dem Geschmack Gesetz und Muster gab,
Bist du — es nicht, wo über Ekhofs Grab
Geheime Schauer wehn und kühle Bäume
grünen?
Wo Jünglinge*) von Geist, an seiner Va-
terhand,
Ins Heiligthum der Kunst mit Riesenschritten
drangen;

*) H. Iffland, Opitz, Beil, Beck haben hier
theils debütirt, theils sich zu bilden angefangen.

Wo Ruhe, lange schon sein sehnlichstes Ver-
langen,
Wo Ruh' am Ziel der müde Kämpfer fand;
Wo sich, im Schutz der Freundschaft und der
Ehre,
Die Blume seines edeln Lebens schloß,
Und selbst erhabner Fürsten Zähre
Auf ihre welken Blätter floß.

Und hier? Vor euch, ihr Kenner, frey
von Dünsten
Des Vorurtheils! vor euch, vertraut mit allen
Künsten,
Die auf die rauhe Bahn des Weisen Blumen
streun,
Und, zu der Menschheit ernsten Pflichten,
Den Muth erhöhn, die Kraft erneun!
Vor euch, gewohnt, Verdienste nur zu richten —
Wagt unser Häufchen sich, voll stolzer Si-
cherheit?

Nein! Eigendünkel ziemt nur Thoren,
Wir fühlen die Vermessenheit,
Und flehn um Nachsicht; an Gelehrigkeit
Und wachem Fleiß war Hofnung nie ver=
loren.

Der Künstler, hat ihn nicht, mit Mi=
dasohren,
Für Pfriem' und Ellenmaas Mama Natur ge=
boren,
Lernt, bis er stirbt; steigt jeden Tag
Auf der Vollendung steilen Leiter,
(Winkt ihm Ermunterung,) um eine Sproß=
se weiter.
Kann Marmor, unterm schöpferischen Schlag
Des Meißels, sich zum Gott gestalten;
Wie sollte nicht Talent, das in der Knospe
lag,
Sich durch Beharrlichkeit entfalten?

S

Wer sich der Stätte naht, wo unser
Vater ruht,
Vollkommner muß er wiederkehren;
Wo nicht — zurück verwegne Brut!
Zurück von den entheiligten Altären!

Dank euch indeß, daß eure Huld
Uns freundlich, zum Empfang, die Hand ent-
gegenstreckte,
Daß dieser enge Raum, der bis zur Un-
geduld
Des Bühnchens Architekten neckte,
Euch, Schauspielfreunde, nicht erschreckte!
O gebt, wenn euer Blick noch Mängel hier
entdeckte,
Gebt der Unmöglichkeit die Schuld,

Enger Raum. Die Gesellschaft spielte auf einem
kleinen Theater in der Stadt.

Und spottet nicht, daß ich, nach alter Sitte,
Um fleißigen Besuch euch, trotz dem Raume,
                              bitte!

Auch Baucis und Philemons Hütte
War, sagt die Fabel, eng und klein,
Und liebreich kehrten doch bey ihnen Götter ein.
Sie lasen in des treuen Paares Zügen
Die innige Verlegenheit,
So stattlichen Besuch nach Würden zu ver=
                              gnügen,
Und ließen sichs an seiner Herzlichkeit,
Statt prächtiger Bewirthung, gnügen.
Sie sehnten sich; bey stiller Einfalt Glück,
Nicht höhnisch zum Olymp zurück,
Und dem verwöhntesten von allen Gaumen
                              schmeckte
Des Tisches arme Kost, den — guter Wille
                              deckte.

LXXIX.

Epilog.

1 7 8 4.

Nicht schneller flieht die Schäfer-
stunde;
(Ich lieh das Bild aus eines Dichters
Munde,
Denn daß Erfahrung dieser Art
Sich nicht mit Musenstrenge paart,
Ist Euch bekannt) nicht schneller schwindet

Der Taumelaugenblick, den durch des Zufalls
Spiel,
Nach Kummer und Gefahr, erhörte Liebe
findet,
Als unser Glück entfloh. Da stehn wir schon
am Ziel
Der süßverträumten sieben Wochen.

Das Zeichen tönt, die Herzen pochen,
Der Blick erstarrt. Man greift, so langsam,
so betäubt,
Nach Stock und Hut, nach Mantel oder
Fächer —
Umarmt sich — geht — besinnt sich wieder —
bleibt
Tiefseufzend stehn — leert noch den Wonne-
becher
Bis auf den letzten Tropfen — athmet
matt

Ein Lebewohl! herauf— und — Ach, ihr
                Herrn und Damen,

Wer diesen Kampf, für den die Sprache kei=
             nen Namen,

Der Pinsel keine Farbe hat,

Wer ihn empfand, vollende selbst die Scene!

Ihr aber, die ich hier oft, doch nicht
            oft genug

Erblickte, die (verzeiht der Hofnung Selbst=
           betrug)

Die ich auf Wiedersehn nur zu verlassen wähne,

Empfanget unsrer Herzen Zoll

Für jedes Opfer, das ihr großmuthsvoll

Von Kränzchen und vom Spiel und selbst voir.
           Lenz *) uns brachtet,

Für Beyfall, den ihr klatschtet oder lachtet,

Für Huld, die unsre Schwächen trug,

---

*) Lenz. Die Vorstellungen fielen in die Frühlings=
monate.

Für Striemen selbst, die eure Geißel
schlug —
Nehmt unsern Dank in dieser Zähre!

Wir buhlten nicht um Schätze, nein!
um Ehre,
Und Ehre tragen wir davon.
Ach, Ehre! hoher Jubelton
Im Ohr der Kunst! warum kann sie von dir
nicht leben?
Warum darf, Bienen gleich, sie nicht ihr
Zellchen weben,
Wo Freundschaft und Geschmack ihr gern ein
Obdach leihn?
Umsonst! das Schicksal spricht zum frommen
Wunsche: Nein!
Der Kunst Bestimmung ist, und war, und
wird es seyn,
Vom Weichselstrome bis zum Rhein,

Nach Brod zu gehn, um Schutz sich zu be-
      werben,

Zu missen, was sie liebt, zu wählen, was
      sie haßt,

Und endlich, unter Sorgenlast,

Im Rausche von Unsterblichkeit —— zu
      sterben.

Doch fleuch, Gedank' an Sorg' und
      Grab!

Auch Freude, wie sie uns, bey Euch, der
      Himmel gab,

Empfängt den Wandrer oft; labt ihn, nach
      Freundesweise;

Und stärkt, ermunternd, ihn mit neuem Muth
      zur Reise. ——

Von diesem Bild umschwebt, ergreifen wir den
      Stab.

LXXX.

An die Naturforscher. *)

1 7 8 5.

Ihr, die ihr wähnt, auf nie betretner
Spur,

Bis in die Grotte der Natur,

Kühn wie Prometheus, einzudringen,

Und ihren Talisman der Göttinn abzu-
zwingen;

O, lernt zuerst von ihr, den Menschen,
wie die Flur,

---

*) Am vier und siebzigsten Geburtstage des H. Ober-
marschalls von Studnitz.

Mit jedem Lenze zu verjüngen!

O, bindet die verhaßten Schwingen

Dem Kahlkopf dort mit Sens' und Stun-

denuhr!

Erfindet eine Wunderkur,

Verlorne Kraft zurückzubringen!

Für mich fleh' ich um diesen Zauber nicht;

(Gern will ich einst, im ew'gen Gleichgewicht

Von Keimen und Verblühn, auch meinen

Acker düngen.

Nur soll er nicht allein dem Pflüger Aehren

bringen;

Cyanen trag' er auch, für junger Mädchen

Haar,

Die blond und lieblich sind, wie meine Daph-

ne war!)

Für einen Weisen fleh' ich, dem Erfahrung

Den Kranz der Duldsamkeit um seine Schlä-

fe wand;

Der längst schon, nur in Andrer Freude,

Nahrung

Für die zur Heiterkeit gestimmte Seele fand;

Der, wann dem Schmerz schier die Ma-

schin' erlieget,

Durch schlaue Nüchternheit den Lebensfeind

betrieget;

Und auf sein Selbst gestützt, vom thätigen

Verstand

Stets frische Waffen leiht, und über Un-

muth sieget;

Der jede Maske kennt, in die auf dieser Welt

Die Leidenschaft sich hüllt, doch nur die Bos-

heit rüget,

Schwachheiten nie ein Urtheil fällt,

Und Uebereilung leicht vergiebet;

Der gern zur Jugend sich gesellt,

Gern Sorgen auf den andern Tag ver-

schiebet,

Und Sang und Tanz und Kuß und Glä-
 serklang
(Jezt ihm verbotne Frucht!) auch noch als
Zeuge liebet;
Kurz, der die frohe Weisheit übet,
Die einst der Greis von Tejos sang.

LXXXI.

Der Mondschein.

1786.

„O, Mondenschein,
Hauchst groß und klein
An Elb' und Rhein
Dein Feuer ein,
Daß sie sich dein
In Liedern freun!
Hauch's mir auch ein!„ —
So ruft, allein,

Im Mondenschein,

Ein Dichterlein,

Dort überm Rhein;

Und leidet Pein,

Dem Mondenschein

Ein Lied zu weihn;

Und — friert zu Stein,

Im Mondenschein.

LXXXII.

Lyda an Heinrich.*)

1 7 8 3.

Zerrissen ist der bange Schleyer,

Der unsern Bund der Welt entzog;

Getilget der Verwirrung Feuer,

Das sonst mir auf die Wange flog,

Wann Mund und Blick, gestraft vom Her-

zen, log —

Und deine Lyda, Heinrich, athmet freyer.

---

*) Gewisse Umstände hatten dieses Paar genöthigt, sei-
ne Verbindung einige Zeit geheim zu halten.

Umringt vom Gratulantenschwarm,

Darf ich, zum erstenmal, (mein Malchen

auf dem Arm,)

Zum erstenmal, o Heinrich, laut und warm,

An deinem Fest, dich mit dem süßen

Vertrauten Namen: Männchen! grüßen;

Zum erstenmal darf sich des Busens Drang

In Thränen, die der Freude fließen,

In Küssen, wie sie nur die Gattinn gibt,

ergießen.

Sieh, auch mein süßes Malchen streckt

Die Aermchen nach dir aus! O, lächle dei=

nem Kinde,

Und nimm von ihr ein kleines Angebinde,

Das sie im Körbchen schlau versteckt! —

Doch, daß nicht hinterher die Frage

Geschlichen kömmt: „Madam, woher das

Geld?„ —

Wo ist das arme Weib auf dieser weiten Welt,

Das nicht, an einem solchen Tage,

Gern ihrem Wunsch ein Schärfchen beygesellt?

Und wäre, diese fromme Lust zu stillen,

Wär', um des blanken Bechers willen,

Mein bester Rock — beym Wucherer versagt;

Hätt' ich die Liebespfänder alter Muhmen,

Trotz ihrem Fluche, dran gewagt;

Hätt' ich, um Geld, dem Lenz ins Blumen=

Handwerk gepfuscht; hätt' ich das Beutelchen

erjagt,

Worinn, nach Freund Musäus Sage,

Der ächte Stein der Weisen liegt;

Was kümmerts dich?

Verzeih den Sprung von dieser Frage

Blanken Bechers. Das Angebinde bestand in ei=
nem silbernen Becher.

Musäus Sage. Anspielung auf das Volksmährchen
von den drey Schildknappen.

T

Auf eine Grille, die mir just durchs Köpfchen
fliegt!
Ist's wahr, ihr Herrn, daß Eurer Weisheit
Wage
Den Streit noch nicht entschied, wen zur
Oekonomie
Mama Natur berief, Ihn oder Sie?
Und ob sie nicht vielleicht uns schwächerem Ge-
schlechte
Den Vorrang über Euch, in diesem Punkt,
verlieh?
In Deutschland wenigstens spricht für der Haus-
frau Rechte
Verjährter Brauch und sicherer Gewinn.
Geht freylich dann und wann, in sorgenfreyem
Sinn,
Für Bänder oder Flor ein Groschen mehr dahin;
So sagt man, daß, bey Kutsch' und Pferden,
Livrey, und Hausgeräth, und was die Eitelkeit

Der Männer reizt, zu andrer Zeit,
Durch kluger Weiber Sparsamkeit,
Die Groschen zu Pistolen werden.

Ich weiß nicht, ob sich alle Mädchen
klein
Zum Rechnen ungeschickt geberden;
Mir war's, das weiß ich noch, mir war's die
größte Pein.
Doch ach! was lernt man nicht, wenn Tant'
und Mutter schreyn:
„Ein dummes Mädchen darf nicht freyn.„
Einst eines Haushalts Seel' und Oberhaupt
zu seyn,
Der Ehrgeiz wars, der zur Geduld mich
stählte.
Was hilft mir's nun, daß ich mich Tag und
Nacht
Mit Spezien und Wurzeln quälte —

Da mein gestrenger Herr, als säß ich nur
im Pacht,
Auf jeden Pfennig selbst, mit Argusaugen,
wacht?

Du schmollst, daß ich, aus Weberin-
bedacht,
Den frohen Augenblick zu meiner Klage
wählte! —
O, Heinrich, solch ein sanfter Zwist
Entheiligt nicht dein Fest. Er ist
Ein Intermezzo nur. Du kennst ja Lyda's
Schwäche
Und willst nicht, daß ihr volles Herz
Aus schonender Verstellung breche.

Verliebte Zänker söhnt ein Scherz.
Komm, Heinrich! Fried' und Eintracht
schweben

Von nun an über uns! Komm, laß, im be=
ſten Wein,

Am Tage, der dich mir gegeben,

Auf dieſe Looſung uns den blanken Becher
weihn!

LXXXIII.

Troſt beym Abſchied.

1769.

Getrennter Freundſchaft ſind die Alpen —
Hügel.
Zu fern iſt ihr kein Land, zu wild kein
Meer.
Sie hat, wie Amor, zum Verfolgen Flügel,
Doch nicht zum Flattern, ſo wie er.

LXXXIV.

Trinklied.

1769.

Wer will heute nicht erliegen?
Wer wird heute nicht ein Thor?
Gegen unsre Weisheit kriegen
Bacchus hier, dort Cypripor.

Daß wir nicht durch Flucht entrinnen,
Wachet überall ein Scherz.
Bacchus steht nach unsern Sinnen,
Amor zielt auf unser Herz.

Bacchus, wenn ich dich verhöhne,
Wenn ich seufze, so verzeih!
Meine Seufzer weckt Amöne.
Sieh ihr Auge! sprich mich frey!

LXXXV.

Liebeserklärung

in vorgeschriebenen Endreimen.*)

1 7 8 5.

Dich lieb' ich zärtlicher, als Hann-

    chen einst ihr - Christel,

Ist kälter gleich, als Schnee, der Bu-

    sen, der die - - Nistel,

Zu sprengen droht, und taub dein

    Herz, wie eine - Distel.

---

*) Der launige Einfall einer liebenswürdigen Fürstinn, die Einbildungskraft des Verfassers durch die Auswahl der barockesten Reime und einiger im poetischen Wörterbuche kaum zu findenden Ausdrücke auf die Probe zu stellen, hat dieses und das folgende Stück veranlaßt.

Dir fing ich früh und spät im Baß
         und durch die   : Fiſtel;
Dir ſchreib ich, ſelbſt im Traum, die
         kläglichſte   :   : Epiſtel.
Von Kummer welkt mein Herz, wie
         von der Zeit die : Miſpel.
Zum Schatten wird der Leib, die
         Stimme zum : Geliſpel.
Wann ruht in meinem Kopf die
         nimmer müde : Haſpel?
O, wann erlöſt der Tod mich Zücht‐
         ling von der : : Raſpel?
Vollende, Lacheſis, vollende deine : Zaſpel!
(Hier flieht mich Sinn und Reim,
         denn der Befehl will : Baſtel.)
Ich Glücklicher, dient' ich beym Nacht‐
         tiſch dir zur : Schachtel!
Hing' ich im Bauer dort, ſtatt der
         geliebten : : Wachtel!

Ach, Einen Kuß von dir (und ging

auch eine : : Dachtel

In Kauf) bezahlt' ich gern mit mei-

nes Lebens : : Achtel!

LXXXVI.

Was ich sah,

in sechzig vorgeschriebenen Endreimen,

1 7 8 5.

Hört, was ich, ohne Brill' und Fern=
    glas, still und : : kalt
Mit meinen Augen sah, bin ich gleich
    noch nicht : : : alt.
Wer nie sein Hirn erfror, wems nie der
    Sternen : : : Hund
Versengte, der erblickt auf diesem
    Erden : : : rund

Zwar Abentheuer gnug, die ihm das

    Herz zer ⸗ ⸗ reiſſen,

Doch mehr noch tolles Zeug, wo's La⸗

    chen zu ver ⸗ ⸗ beiſſen

So ſchwer iſt, als den Witz, beym

    Wein, in Zaum zu ⸗ ⸗ halten.

Verſucht's! hört was ich ſah! und

    legt die Stirn' in ⸗ Falten!

Ich ſah in Städtchen oft Wohlleben,

    Großthun, ⸗ ⸗ Pracht,

Als ſtünde jedes Haus auf einem

    Silber ⸗ ⸗ ⸗ ſchacht.

Ich ſah Geräuſch um Nichts, viel

    Dünkel, wenig Wahrheit,

In großen Dingen Nacht, in Klei⸗

    nigkeiten ⸗ Klarheit.

Ich ſah das Alter karg, die Jugend

    un ⸗ ⸗ ⸗ beſonnen;

Geld, Schritt vor Schritt gehäuft,

und im Galopp - - zerronnen;
Sah Ekel und Kolik am reichbe-

setzten - - - Tisch,
Den Esser trocknen Brods, gesünder,

als ein - - - Fisch;
Sah schmunzeln ins Gesicht, und hin-

term Rücken - kratzen;
Sah Schönen unter sich erbitterter,

als - - - - Katzen;
Sah Dummheit und Verstand in

stets erneutem - Krieg;
Verstand zog sich zurück, der Dumm-

heit blieb der - - Sieg.
Sah manche Welsche sich ein Ritter-

gut er - - - singen,
Und des Paktolus Quell aus ihrem Bett

ent - - - springen.

Sah, daß das Wetterglas der Hö-

          fe, so : : geschwinde

Fällt, als es steigt; und daß, wer

          dort nur nach dem Winde

Den Mantel künstlich dreht, der fin-

          det Brod und : Dach,

Und wär' er ein Huron, er paßt in

          jedes : : : : Fach.

Hier sah' ich Recht und Pflicht ver-

          schachern um ein : Pferd.

Auf einer Karte dort verprassen Hof

          und : : : : Heerd.

Um einer Lais Gunst sah ich ge-

          brochne : : Lanzen;

Sah Mängel überall — selbst in

          Pallästen : Wanzen.

Matronen sah ich auch, die Wange

          wies auf : : : achte,

Auf Mitternacht der Puls. Last:

   thiere sah ich ⸗ sachte
Gebückt am Pfluge ziehn, und sah

    in buntem ⸗ ⸗ ⸗ Rock
Sich Affen, durch Apport und Sprin⸗

   gen übern ⸗ ⸗ Stock,
In kurzer Zeit zum Rang des Favo⸗

   riten ⸗ ⸗ schwingen.
Sah Graziengeripp' in Hospitä⸗

   ler ⸗ ⸗ ⸗ bringen.
Ich sah der Kraftgenies drama⸗

   tischwilde ⸗ ⸗ ⸗ Hatze,
Und manchen Lorbeerkranz, zerzaust

   von ihrer ⸗ ⸗ ⸗ Tatze.
Ich sah geschäftig, gleich dem Zeisig,

   der im ⸗ ⸗ ⸗ Eimer
Sein Futter mühsam zieht, das Heer

   der Wasser ⸗ ⸗ reimer.

Ich sah der Damen Cû, wie einst

der Stutzer : : Wade,

Verfälscht, und öfters wars um die . . .

. . . Kontoure : : Schade.

Auch Farben sah ich neu, im großen . . .

. . . Narren : : : Haus

Mit Namen ausstaffirt, nicht zierli:. . .

cher, als : : : Laus,

Sah manchen Kritiker, um ein . . .

Gericht : Kaldaunen,

Verkleinern das Verdienst und Stüm:. . .

per aus : : posaunen.

Dem Adler Jovis gleich, sah ich die . . .

Menschen : : : fliegen,

Noch glücklicher sah ich sie Jovis . . .

Blitz be: : : siegen.

Ich sah den Spleen am Rhein, wie . . .

an der Themse : Strand;

u

Wie immer, übersprang Nachahmungs-

           sucht den : : R a n d.

Das Mädchen floh den Tanz, der Jüng-

         ling floh den : W e i n,

Und, wer zu glücklich war, erschuf

         sich eigne : : P e i n.

Glatz' oder Schwedenkopf verdräng-

         ten die : : P e r ü c k e,

Selbst in der Schönen Haar gerieth

         der Mode : : T ü c k e.

So wechselt Thorheit hier von einer

         Sonnen : : : w e n d e

Zur andern ihr Gewand bis an der

         Zeiten : : : E n d e.

Unwandelbar ist nichts, als daß stets

         Mönche : : s a u f e n,

Stets alte Jungfern schmähn und sich

         Studenten : : r a u f e n.

So ging die bunte Welt, so geht sie,

wird sie ; ; ; gehn, .

So lange Sonn' und Mond am Fir:

mamente ; ; ; stehn.

LXXXVII.

Sie selbst,

in Endreimen von ihrer Wahl.*)

1 7 8 5.

Gefühlvoll weilt sie bald am trau=

      lichen : : Klavier,

Bald zaubert sie der Liebesgöttinn : Büste,

(Ihr Ebenbild!) bald eine stille : Küste

(Den Abdruck ihres Herzens!) aufs : Papier,

Ihr Hut faßt mehr Verstand, als

      mancher Doktor : Hut,

---

*) Die Reime dieses Stücks wurden dem Verfasser von
einer andern Dame aufgegeben, an die auch das fol=
gende gerichtet ist.

Lehrreicher ist ihr Mund, als alle

        Bücher : : schränke,

Sich selbst genug, sieht sie, mit

        kaltem : : : Blut,

Der Schmeichler Huldigung, des Nei=

        des kleine : : Ränke.

In Allem, was sie thut, in Anstand,

        Gang und : : Gruß

Herrscht Seele. — Neben ihr, was

        sind die meisten : Weiber?

(Gern sagt' ichs laut, doch Wahr=

        heit macht : Verdruß)

Organisirte : : : : : Leiber.

LXXXVIII.

An Sie Selbst.

1787.

Minervens Ideal erneuert sich in Dir;
Du denkest, redest, schreibst, und malst,
und stickst, gleich ihr.

LXXXIX.

Röschen und Lukas,

Romanze.

1775.

Kein Mädchen unsres Dorfes kam
  An Schönheit Röschen gleich;
Wie Lukas, war an Muth und Kraft
  Kein andrer Jüngling reich;
Und beyde waren fromm und gut,
  Von Kindesbeinen an,
Und beyde sich, mit Zärtlichkeit,
  Wie Engel, zugethan.

Der elterliche Segen krönt

Der treuen Herzen Wahl;

Und morgen soll die Hochzeit seyn;

Bereit ist Bett und Mahl;

Da trieb sie noch gewohnter Fleiß

Ins Feld; sie gruben Leim;

Und ach! sie kamen dießmal nicht

Von ihrer Arbeit heim.

Denn über ihrem Haupte bricht

Das hohle Land, stürzt ein,

Begräbt sie; ängstlich hört man noch

Sie unterm Schutte schreyn.

Zu spät! — Man zieht sie todt hervor,

Auch noch im Tode schön;

Lautweinend kömmt das ganze Dorf,

Das Unglückspaar zu sehn.

Ein Sarg, ihr Brautbett nun, umſchließt

    Der Liebenden Gebein;

Der Kirchthür gegenüber, blinkt

    Ihr goldner Leichenſtein;

Beym Aus ⫶ und Eingang, ſeh' ich ihn,

    Und thränend fragt mein Blick:

Wodurch verdiente ſolch ein Paar

    Dieß traurige Geſchick?

XC.

Das Leben.

1786.

Einst lebt' ein Mann, der so das Leben
liebte,
Daß brünstiger kein Mönnchen ihr Brevier,
Als er den Unzer las, und jede Regel
übte,
Und Pillen, Pulver, Elixier
Gehorsam sich verschrieb, wann ihm — ein
Finger schmerzte;

Der nie das Haus verließ, wenn sich der Him-
mel schwärzte;
Der seine Schritte maß, der seine Bissen
wog,
Der seine Tropfen ängstlich zählte,
Und so gewissenhaft sich früh dem Schlaf
entzog,
Als er vor Mitternacht zur Schläfrigkeit sich
quälte;
Der Krankenluft nie in sich sog,
Weil er Gesunde nur zu seinen Freunden
wählte,
Und Schnuppen mied, wie unser eins die Pest;
Kurz, der nur für Erhaltung wachte,
Erhaltung selbst im Traume dachte
Und, was sich nur als Thiersbedürfniß denken
läßt,
Scharfsinnig in ein Uhrwerk brachte,
Das richtiger, als seine Stadtuhr, ging.

Doch, wie der gute Mann es machte,
Daß nie ein Kettchen sich verhing,
Nie eine Feder sprang, kein Rädchen sich
verdrehte,
Und daß, von Lieb' und Haß und Freud' und
Schmerz
Unangetastet, auch sein Herz,
(Ob Boreas, ob Zephyr wehte)
Im Gleichgewichte blieb? Dieß Räzel löst
Der Umstand euch, daß er, aus Furcht vor
einer Gräte,
Der Fische köstlichsten verschmähte.
Wer langsam geht, kömmt auch an's Ziel,
und stößt
Sich nicht an Stock und Stein, und meidet
Sümpf' und Gräben.
Euch andern hat's ein Dämon eingeflößt,
Ihr müßtet, als Genies, auf Wolken im-
mer schweben.

Mein Mann war so gewohnt am Boden fest
zu kleben,

Daß er sich nie des Rosses falschem Trab
Vertraute, minder noch auf's Wasser sich
begab;

Und wie Herr Blanchard sich auf Leinwand-
flügeln heben,

O, der Gedanke schon macht' ihn vor Schauder beben.

Er ging zu Fuß, gestützt auf einen derben
Stab,

Und seine Losung war: ich lobe mir das
Leben.

Ihm starben Brüder, Freund' und Weib und
Kinder ab;

Er pflanzt' auf ihrem Grabe Reben,

Gönnt' ihnen Ruh und — pries das Leben.

Er ward verfolgt, gedrückt; es blieb ihm keine Wahl,

Als seiner Güter Hälfte vor dem Tribunal
Mühselig zu verfechten, oder hinzugeben;
Er gab sie hin und — pries das Leben;
Die Flamm' ergriff sein Haus; er rettete —
das Leben.

Die Trümmer seines Glückes stahl
Ihm Bosheit; nun war's Zeit, nach einem
Amt zu streben,
Zu dem ein Gönner ihn empfahl;
Er floh die Last, und darbt', und — pries
das Leben;
Ward alt, von einer Wärterinn umgeben,
Die jeden Liebesdienst ihn grausam fühlen
ließ;
Ward lahm, und blind, und taub, und —
pries das Leben;
Und starb, und war im Paradies,
Als er noch stets das Leben pries.

O, Lebensreiz, o, glühende Begier!

O, Zauber, alle Wunden, alle Plagen,

Ja, Schande selbst und Fesseln zu ertragen!

O, Lebensreiz — welch Räßel bist du
mir!

XCI.

Der Genuß.

1786.

Geſchaffen war **Philotas** zum Genuſſe.
Ein Blick, voll ſchwärmeriſcher Glut,
Der alles ſchnell umfaßt, und nirgends ſchmach-
tend ruht;
Ein Mund, von Amorn ſelbſt ſanft aufge-
ſchwellt zum Kuſſe;
Des Bacchus Wange, die von Jugendfülle
ſtrotzt;
Alcidens Bau, der der Zerſtörung trotzt;

In jeder Nerve Reiz, in jedem Puls Verlangen,

Und in der Brust ein Saitenspiel,

Wo rege Lust und warmes Mitgefühl,

Beim leisesten Akkord der Freude, wieder=

klangen —

Und dieses Alles malte sich

So unverkennbar in Geberden, Mienen, Zügen,

Als hätt' ihm auf die Stirne sichtbarlich

Natur geätzt: „Kehr' ein, mit deinem

Troß, Vergnügen!

Hier ist ein Feenschloß für dich!„ —

Ach, Etwas, ohne das bald glänzende Palläste

Zum Stall des Augias sich wandeln, fehlte

nur;

Der Hüter, der die ungestümmen Gäste

In Schranken zwingt, und ihrer Wildheit

Spur

Sorgfältig tilgt — Vernunft. Philotas

kann sie missen.

X

Ein junger Herr von einer Million
Hat sich noch nie nach ihr gesehnt.   Ihr Ton
Ist oft so mürrisch, wie wir wissen;
In alles mischt sie sich so gern; stört unsre
              Ruh
Durch Kritteley'n; macht sich die ganze Welt
              zu Feinden,
Und schlägt oft unsern Busenfreunden
Die Thüre vor der Nase zu.
Philotas folgt dem Ruf zur Freude.
Denkt Euch das Roß,   das keiner Peitsche
              Klang
Noch schreckte, kein Gebiß noch zwang;
Lautwiehernd, tummelt sich's unbändig auf der
              Weide,
Verfolgt die Schwestern hier, die schüchtern
              vor ihm fliehn,
Kämpft mit den Brüdern dort.   Denkt's Euch,
              so habt ihr ihn!

Der Glückliche, dem, seit dem Flügel:
          kleide,

Kein Seufzer aus dem Busen drang,

Kein Wunsch entging, kein Plan mißlang,

Er kannte nur den Kampf der Wahl, und
          härmte

Sich dann nur, wann er, rechts und links
          gereizt,

Nicht alles haschen kann, wonach die Wol:
             luſt geizt.

Er ritt und jagt' und ſchmauſt' und tanzt' und
          küßt' und ſchwärmte

Vom erſten bis zum letzten Stral des Lichts.

Genuß, Genuß, Genuß! ſonſt ſann und trieb
          er nichts,

Und ſtarb, in nichts, als im Genuß, er:
          fahren,

Ein junger Greis — von fünf und zwanzig
          Jahren.

Fühlt es, ihr Jünglinge, und mischt
Zum Leichtsinn — Weisheit, Ernst zum
Scherze!
Haushaltet mit der Lebenskerze!
Die Fackel lodert wild, und zischt
Schnell aus, indeß der Lampe zarte Flamme,
Dem Winde klug entrückt, und sparsam auf
gefrischt,
Nur mit dem Morgenroth erlischt.
Die Mäßigkeit ist des Vergnügens Amme!

XCII.

An ein Kind.

1 7 8 3.

Ruhig, wie die stille Freystatt war,
Wo dich deine Mutter, fern vom Stadtge-
                               wühle,
Unterm Schutz der Zärtlichkeit, gebar —
Und voll himmlischer Gefühle,
Wie, nach namenlosem Schmerz,
Dir entgegen schlug ihr Herz,
Als die Arme bebend dich umfingen,

Und die Blicke matt an deinen hingen ——
Kleiner Engel, sey dein Herz!
Wie dein erstes Lächeln, süß dein Leben,
Froher Unschuld Ideal!
Und der rosenfarbnen Tage Zahl,
Die für dich des Schicksals Töchter weben,
Ueberwiege jener Küsse Heer,
Die dich, Neugeborne, fast erstickten,
Jene Freudenthränen um dich her,
Jene Wünsche, die nie feuriger
Lieb' und Freundschaft zum Olympus schickten.

XCIII.

An Elisen.

1785.

Wie weit hat oft vom glühenden Ver=
langen
Das Schickſal die Erfüllung weggebannt,
Und ach! an Einem Gliede ſeiner Kette
hangen
So nahe Glück und Unbeſtand!

Die Freude, die noch jetzt mein Inner=
 stes beweget,
Flieht, wenn die kommende Minute winkt,
Und, eh' das Wölkchen Staub, das sie im
Fliehn erreget,
Zur Erde niedersinkt,

Umschattet mich der Gram mit schwar=
zem Flügel,
Leert auf mein Herz sein giftiges Geschoß,
Und drückt der Schwermuth siebenfaches Siege=
Den Lippen auf, von denen Jubel floß.

Wie grausam, hätte nicht dem Wechsel,
ihn zu mildern,
Ein guter Gott Erinnrung beygesellt,
Die den entflohnen Traum, in schöpferischen
Bildern,
Zurückruft, und die Brust mit sanfter Täu=
schung schwellt!

O, trockn' auch mir der Trennung bange
Thränen,
Du liebevolle Trösterinn,
Wann des Entzückens goldne Scenen,
Die jetzt mich fesseln, mit Elisen
hin

In der Vergangenheit entferntes Dun=
kel schwinden!
O, zaubre mir, durch milden Trug,
Ihr holdes Bild zurück, wann sie (ach, die
zu finden
Schon lange Sehnsucht mir im Busen
schlug!)

Elisen. Die Frau von der Recke, geb. Gräfinn
von Medem, als sie über Gotha nach Curland zu=
rückreiste.

Wann sie, verehrt, geliebt in Hütten und
   auf Thronen,
(Selbst eines Throns, gäb' ihn die Tugend,
   werth!)
Gleich einem Gast aus lichten Regionen,
Zum harrenden Olympus wiederkehrt.

XCIV.

An Madam Koch

nach der Vorstellung des Walder.

1776.

Ein sanftes Lied aus deinem schönen Munde,

Versüßen würd' es mir die letzte, bittre

Stunde;

Ein Kuß von Dir. — Im Augenblick

Brächt' er vom Orkus mich zurück.

XCV.

Meiſter Werl.

1785.

Auf daß kein armer Erdenſohn
Sich ſeines Glückes überhebe,
Und Unzufriedenheit, vom Strohdach bis zum
Thron,
Nach unerfüllten Wünſchen ſtrebe;
Lauſcht immer eine böſe Fey
Am Neſt der Brütenden, und tüpft auf je-
des Ey.

Da picken durch die morsche Schale
Seltsame Mißgeschöpfe nur hervor.
Wer zählet sie, die Fehl' und Muttermaale,
Freybriefe der Natur zum Seelenhospitale?
Dem Schönsten deckt vielleicht das Aug' ein
innrer Flor;
Den Witzigsten entstellt ein Faunenohr;
Der Ruhige seufzt gähnend nach Geräusche;
Den Reichen jagt der Spleen in Wüsteneyn;
Ein Herkules erschrickt vor Träumereyn;
Ein Zeno piept am Zipperlein;
Kurz, seinen Pfahl trägt Jeder treu im
Fleische;
Und wär' es nichts, als daß der Riese
klein
Sich dünke, daß sich selbst der Menschenken:
ner täusche,
Und das Unmögliche von seinen Kräften
heische.

So geht es auch dem guten Meister
Werl.

Er, dessen Wiegenbett Göttinnen selbst be-
wachten,

Und ihm so viel der Pathenopfer brachten,

Daß mit der Hälfte schon sich mancher brave
Kerl

So weis' als Sokrates, so reich als Krösus
schätzte;

Er, den an jungfräulicher Brust

Die jüngste der Kamönen letzte;

Er, jedes Vorzugs unbewußt,

Empfindet grausam süße Lust,

Meister Werl. Der Verfasser bedauret unendlich,
daß ihm die Bescheidenheit dieses erhabnen Mu-
senfreundes nicht erlaubt, die zwey Gedichte mitzu-
theilen, die das gegenwärtige veranlaßt haben.
Das eine ist überschrieben: Meister Werl's
Standrede auf sich selbst; das andere:
Sehnsucht nach dem Frühling.

Sich selbst leichtfertig durchzuhecheln;

Und wenn ihr seinem Spottgedichte glaubt,

So hat für Andre nur Miß Daphne sich belaubt,

So schmachtet er am Bach, wo sich die Mu-

sen fächeln,

Ein zweyter Tantalus; schöpft er, so gleicht

Sein Krug dem Siebe; bückt er sich, so

weicht

Der Bach zurück. — Mit sanftem Lächeln

Vernahm es jüngst Thalia. Plötzlich stieg

Ein Rachewölkchen ihr auf die bekränzte Stirne,

Und Mädchenschalkheit spukt' ihr im Gehirne,

Und Meister Werln schwur sie den Krieg.

Was wird sie thun? — die Leyer ihm

zerbrechen?

Ihm den Geschmack an Freuden der Natur

Vergällen? Ueber seine Blumenflur

Der Dürre Fluch, der Raupen Plage sprechen?

Wie? oder ihm die feine Sympathie
Für jede Schönheit, jede Harmonie
Der schwesterlichen Künste schwächen?
Nein! In Thaliens Brust glüht nicht Me-
                                    gärens Zorn.

Thaliens Dolch ist nur — ein Rosendorn.

Sie haucht, im ersten Frühlingswinde,
Dem undankbaren Zögling linde
Begeisterung in das Gesicht,
Daß süßer Drang den Athem ihm beklemmet,
Des Blutes Lauf geheimer Schauder hemmet,
Gedankenweh in beyden Schläfen sticht —

       Wis liebliche Jubel den Saiten,
       Zum Gruße des Lenzes, entgleiten,
       So lieblich, als sie dir nicht,
       Lenz, Sohn des Himmels, ertönten,
       Seit Ihn, den sich Pallas erkohr,
       Für den die Kamönen ihr Ohr
       An Waffengetümmel gewöhnten;

Den friedliche Myrten im Zelt,

Den glänzende Thaten im Feld

Und Tod für das Vaterland krönten;

Um dessen kaltes Gebein

Die Guten und Fühlenden stöhnten;

Seit K l e i st, den unsterblichen Sänger,

Empfing Elysiums Hain.

Die Muse hörts und spricht: „Erkenn' an meiner Rache,

Wie theuer, Selbstverfolger, du

Mir bist! Gebeut in Zukunft deinem Satyr
Ruh!

Das Richteramt in seiner eignen Sache

Kömmt auch dem Weisesten nicht zu.„

P

XCVI.

Die Neuvermählte,

an ihrem Hochzeitballe.

1 7 8 6.

———

Leicht schwebt durch die Reihen, die stau-
              nend sich trennen,
Leicht schwebt sie,   am Arme des Liebenden,
                      hin,
Gott Hymens jüngste Priesterinn.
Kaum wagen's die Mädchen, sie Schwester zu
                      nennen;
Mit forschenden Blicken und trauterem Sinn,

Umarmen die Weiber die neue Geweihte;
Die Männer beneiden dem Sieger die Beute;
Den Jünglingen drängen, im Taumel der Lust,
Sich Seufzer der Sehnsucht aus klopfender Brust.

So feyert, im Schauspiel, das Jauchzen der Menge,
Bewillkommen Tänze, begrüßen Gesänge
Ein glückliches Paar, im entscheidenden Akt.
O schwebt, von gefühlvollen Zeugen umgeben,
So leicht und harmonisch, auf Blumen, durch's Leben!
Den Ton gebe Freundschaft, und Liebe den Takt!

XCVII.

An Madam Stark.*)

1 7 7 5.

Wer mißt, wie du, der Leidenschaften
Sphäre?
Wer dringt so tief ins Mark der Charaktere,
Wägt jedes Wort, schattiret jeden Ton?
Wem fließt die mitgeweinte Zähre,
Wem fließt gerechter sie zum Lohn?

Wer schifft, im Lustspiel, jede Klippe
Der Uebertreibung glücklicher vorbey?

*) Diese vortrefliche Schauspielerinn hat das Theater
seit einigen Jahren verlassen.

Weß Aug' ist so bescheiden, wessen Lippe
So keusch, und wer äfft doch die Thorheit
so getreu?
Licht streuest du auf Dunkelheiten,
Erhebst die kleinsten Kleinigkeiten,
Weißt aus den größten Schwierigkeiten,
O Starkinn, dich als Meisterinn zu ziehn;
Und, wo der Dichter schläft — da wachest
du für ihn.

So keusch. Wie manche komische Schauspiele=
rinn schiebt vielmehr durch Blick und Ton dem Dich=
ter Zweydeutigkeiten unter, an die er nie gedacht
hat!

XCVIII.

Ekhof.

1.7.7 8.

Die deutsche Bühne war der Nachbarn
Hohn;
Verzerrung galt für Witz, Klopffechten und
Gebelle
Für Leidenschaft; da sandt Natur uns ihren
Sohn.
Ein Proteus von Gestalt, ein Zauberer im
Ton,
Stieß er den Unsinn vom entweihten Thron,
Und setzte Wahrheit an die Stelle.

Die ihr dem Heiligthum Melpomenens euch
naht,

Ihm opfert dankbar an des Tempels Schwelle,

Ihm widmet Herz und Mund und That!

Wißt: E k h o f war es, der dem tiefen
Britten,

Dem leichten Gallier den Lorbeerzweig ent-
wand!

Wißt: Er schuf euch die Kunst, und adelte den
Stand,

Orakel eures Spiels, und Vorbild eurer Sitten.

XCIX.

Grabſchrift
der Schauſpielerinn Mecour.

1 7 8 4.

———————

Künſtig wird Thalia nicht, ihr Gecken,
Mehr durch ſchlauen Spott euch necken,
Noch durch treuen Widerſchein
Der Natur, ihr Weiſen, euch erfreun;

Ihre Lippen schloß des Schmerzes Siegel;

Sie zerbrach auf diesem Hügel

Ihren Spiegel.

Dieser Hügel

Deckt der Mecour*) schlummerndes Gebein.

*) Sie starb zu Berlin 1784.

C.

Der Schwur.

1787.

Daphnis.

Bey des Mondes Zauberlichte,
Das vom hohen Himmel stralt,
Aller dieser Wipfel Früchte
Rings umher mit Silber malt,
Schwör' ich —

Daphne.

Hüte dich zu schwören
Bey des Mondes falschem Glanz!
Oder wechselt deine Liebe,
Wie sein wunderbarer Tanz?

Daphnis.

Nacht und Himmel sollen's hören,
Daß ich dich zum Abgott wähle,
Daß getreuer keine Liebe,
Daß noch keines Jünglings Seele
Redlicher, als meine, war!

Daphne.

Daphnis! Daphnis! Sprichst du wahr?

Daphnis.

Himmel, sey des Meineids Rächer!

Daphne.

Ach, er duldet auch Verbrecher.

Daphnis.

Zeuge, zeuge gegen mich, o Nacht!

Daphne.

Ach, sie schweiget, wann der Meineid
wacht.

Daphnis.

Sprich dann selbst, bey welcher Macht,
Daphne, soll ich schwören?

Daphne.

Bey dir selbst mußt du mir schwören,
Soll ich dein Gelübbe hören.

Daphnis.

Nein, bey dir, die meiner Liebe
Lange schon der Himmel war,
Bey dir selbst will ich dir schwören.

Daphne.

Du nur, Jüngling meiner Liebe,
Bist die Gottheit, die ich wähle.

Daphnis.

Dich nur ehret meine Seele
Als den heiligsten Altar.

CI.

Antiochus und Stratonice.

Romanze.

1 7 8 6.

––––––––––––

Es schien nur für Antiochus
Stratonice geboren;
Kein schönres Weib war auf der Welt,
Auch hatte sie der junge Held
Sich heimlich auserkohren.

Er liebt', und litt, und Niemand war,
Der seinen Kummer theilte.
Ihm schloß ein neidisches Geschick
Den Mund, wann, unbelauscht, sein Blick
Voll Perlen auf ihr weilte.

Zu wohl verstand Stratonice
Des nassen Blickes Sprache.
Sie, einst des Kummers ungewohnt,
Sie fand in Thränen jezt der Mond,
Im schweigenden Gemache.

Geführet hatte sie der Krieg
In seines Vaters Bande.
Sein Vater war des ihren Feind. —
Die Schwerder ruhn; der Fried' erscheint,
Und wählet sie zum Pfande.

O, Friede, nimm zwey Herzen wahr,
Die lang' im Stillen brennen!
Lös' ihren Mund durch deinen Kuß! —
Nicht Friede — Zwietrachtsgenius,
Kömmt er, um sie zu trennen.

Der König selbst heischt ihre Hand
Vom neuen Bundsgenossen.
Sie hört's, und fluchet dem Geschick,
Und wünscht die Fesseln sich zurück,
Die vormals sie umschlossen.

Doch fragte kalte Staatskunst je
Nach eines Mädchens Klagen?
Unwiderruflich ist ihr Schluß. —
Antiochus! Antiochus!
Wie wirst du das ertragen?

Dort, an des Stromes jähstem Rand,
Irrt er in Sturm und Wetter.
Wild schaut er in das offne Grab —
Jezt wankt sein Fuß — er stürzt hinab —
O, haltet ihn, ihr Götter!

Ach, keinen andern Sohn, als ihn,
Natur, wag's so zu prüfen!
Verlaffen wird ihn der Verstand,
Von Blut wird die verruchte Hand,
Vom Blut des Vaters triefen.

Ihn faßt bey dem Gedanken schon
Die Furie der Reue.
Nein, seinem Vater flucht er nicht;
Nein, seines ganzen Zorns Gewicht
Fällt auf die Ungetreue.

Z

„Ich Thor! spricht er zuletzt, sie fragt
Nach Vater nicht, noch Sohne;
Der Stolz entscheidet ihre Wahl;
Gleichgültig ist ihr der Gemahl,
Willkommen nur die Krone.

Sie sey gekrönt! doch will ich noch
Ihr den Triumph verbittern.
Ein Blick knüpft edler Seelen Band,
Ein Blick straft ihren Unbestand,
Sie soll mich sehn — und zittern." —

Altar und Opfer sind geschmückt,
Gefüllt des Bundes Schale.
Gestützt auf ihrer Weiber Hand,
Naht, langsam, bleich, wie ihr Gewand,
Die zitternde Vestale.

Und bey dem König steht der Prinz,
Erblickt sie — sinket nieder.
Die Rosen welken vom Gesicht,
Sein himmelblaues Auge bricht,
Hinsterben seine Glieder.

Man trägt ihn fort. Ein Klaggeschrey
Verdrängt die Hymenäen.
Der König geht; die schöne Braut
Folgt, ohne Thränen, ohne Laut,
Und glaubet zu vergehen. —

Der arme Prinz! da ist kein Arzt,
Kein Gott, der ihn errette!
Der Hofnung letzter Schimmer flieht.
In brünstigem Gebete, kniet
Sein Vater an dem Bette.

Jezt naht sich auch Stratonice,
Zerfleischt von inn'rem Kummer.
Der Prinz kennt ihren Tritt, erwacht
(O Liebe, groß ist deine Macht!)
Aus seinem Todesschlummer.

Und wähnet, von Elysium
Den Vorschmack zu genießen.
Sein halberloschnes Auge starrt,
Als hätt' es ihrer nur geharrt,
Um lächelnd sich zu schließen.

Und seine bleiche Lippe bebt,
Als ob er leise spräche;
Doch Seufzer dringen nur hervor,
Und kämpfend fliegt sein Herz empor,
Als ob es endlich bräche.

„O, ruft der Arzt prophetisch aus,
Stratonice, verschiebe
Des armen Prinzen Rettung nicht!
Dein ist die Macht! dein ist die Pflicht!
Er stirbt für dich aus Liebe!„ —

Der König hört's, und bebt, und ruft:
„Sohn, lebe! nimm sie wieder!„ —
Mehr seine Mutter noch, als Braut,
Steht sie, von Schaam geröthet, schaut
Erbarmend auf ihn nieder.

Jezt beugt sie sich, des Kranken Hand
Vom Vater zu empfangen;
Jezt kehrt in seinen matten Blick
Des Lebens erster Stral zurück —
Und Hofnung auf die Wangen.

Heil sey dem Arzt! mein Lied soll ihn
Vom Untergange retten.
Sein Nam' ist Erasistratus —
O, schwebte noch sein Genius
Um Liebeskranker Betten!

CII.

Amor, ein Kind.

1 7 8 6.

—————

Gott Amor wollt ihr Treue lehren?
Ihr wollt den Schmetterling bekehren,
Der nur auf Wechsel sinnt?
Und fängt ihr, mit Amphions Feuer,
Erhabne Weisheit in die Leyer,
Ihr fänget in den Wind!
Wegflatternd wird er euch verlachen —
Was könnt ihr mit dem Leichtsinn machen?
Er ist ein Kind!

Gefesselt habt ihr ihn durch Schätze;
Ach, er zerreißt auch goldne Netze,
Wann sie ihm lästig sind.
Unsteter ist er, als die Welle;
Seht, wie schon dort mit einer Schelle
Ein Andrer ihn gewinnt!
Weg wirft er eure schönen Sachen —
Was könnt ihr mit dem Schalke machen?
Er ist ein Kind!

Ihr zürnt, an ihm ist Zorn *verloren*;
Ihr scheltet, er verstopft die Ohren;
Ihr grinzet, er ist blind;
Ihr wähnt, daß euer Dräun ihn schrecke?
Seht, wie er schelmisch in der Ecke
Dort neue Ränke spinnt!
Er spottet Löwen, spielt mit Drachen —
Was könnt ihr mit dem Trotzkopf machen?
Er ist ein Kind!

Und greift ihr endlich nach der Ruthe,

Schnell läßt er ab vom Uebermuthe;

Sanft, wie ein Frühlingswind,

Schlingt er den Arm euch um den Nacken;

Seht, wie ihm von den rothen Backen

Die falsche Thräne rinnt!

Seht ihn mit nassem Auge lachen —

Was könnt ihr mit dem Schmeichler machen?

Er ist ein Kind!

CIII.

Der Edelknabe.

Romanze. *)

1786.

Der Tag begann zu grauen,
Da sprengt' ich ohne Ziel,
Daß mir die Haare sausten,
Durch Wälder und durch Auen,
Wie's meinem Roß gefiel;

*) Aus Figaro's Hochzeit.

Wie's meinem Roß gefiel;
Und kam an eine Quelle;
Ermüdet stand das Roß;
Liebreizend war die Stelle;
Ich dacht' an meine Pathe,
Und meine Thräne floß;

Und meine Thräne floß;
Und als in eine Linde
Ich ihren Namen schnitt;
(Bewahre, treue Rinde,
Den ewigtheuren Namen!)
Der Hof vorüberritt;

Der Hof vorüberritt;
„Was hast du, schöner Knabe?„
Rief mir die Fürstinn zu. —
„Ich sitze hier und weine,
Weiß selbst nicht, was ich habe.„ —
„Sag an, was weinest du!

Sag an, was weinest du!
Gern helf' ich guten Kindern." —
„Ach, Fürstinn, meinen Schmerz
Kann keine Hülfe lindern. —
Ich hatt' einst eine Pathe,
Ihr heilig ist mein Herz.

Ihr heilig ist mein Herz. —
Ich fühl', es wird mich tödten." —
„Nein, schöner Knabe, nein!
Komm, folge meinem Rathe!
Gibts denn nur Eine Pathe?
Laß mich die Deine seyn!

Laß mich die Deine seyn!
Du wirst mein Edelknabe;
Die Zeit nimmt Kummer hin;
Dann wähl' ich dir ein Fräulein;
Die schönste, die ich habe,
Sey deine Trösterinn!

Sey deine Trösterinn!„ —

„O, nichts von solchem Rathe!
Mich trösten will ich nicht.
Treu bleib' ich meiner Pathe;
Treu bleib' ich meinem Kummer,
Bis er das Herz mir bricht.„

CIV.

An Amalien.*)

1786.

„Wenn die Olympier ein Mädchen dir
verleihn,

So wähl', um sie den Grazien zu
weihn,

Wähl' ihr Amalien zur Pathe;

---

*) Als sie der Verfasser bey einer Tochter zu Gevatter
bat.

Doch wird's ein Junge — hüte dich!

Gedenk' an Cherubin und seine schöne
            Pathe!„

So warnte jüngst im Traum Gott Amor
            mich.

Du siehst, Amalia, ich folge gutem
            Rathe.

Cherubin. Name des Edelknaben in Figaro's
Hochzeit.

CV.

Epistel
über die Starkgeisterey.

1773.

„Ihr Brüderchen, laßt uns fein chriſtlich
             leben;

Wir müſſen doch uns einmal drein ergeben!

Je länger ihr's verſchiebt, je ſaurer kömmt's
             euch an;

Doch jung gewohnt, iſt alt gethan.

In meinem Lenz hab' ich den Wolluſt-
             knechten

Auch zugesehn, wie sie zu ganzen Nächten
Mit Antivestalinnen zechten.

Die Vögel waren überall,
Im Kaffeehaus, im Schauspiel, auf dem
Ball —
Nur in der Kirche nicht. Sie brachten, sich
zu mästen
Und gutlich sich zu thun, ihr faules Leben hin,
Und hatten oft, so boshaft war ihr Sinn,
Die lieben schwarzen Herrn zum besten.
Was kömmt heraus? Der böse, böse Tod,
Mit seinem krachenden Gerippe,
Mit seiner fürchterlichen Hippe,
Stellt sich, am frühen Morgenroth,
Den starken Geistern gegenüber:
Ein hitziges, am Styx erzeugtes Fieber,
Geführt von schwarzer Phantasie,
Schleicht an ihr Lager, schüttelt sie,
Verwirrt ihr witziges Gehirnchen;

Nun sitzt der Angstschweiß auf dem Stirnchen,

Sie winden sich, sie fluchen, winseln, schreyn;

Die Aerzte gehen aus und ein,

Und schütteln die Perück', und murmeln ihr

Latein;

Und eine Wärterinn ruft endlich widerwärtig

Dem Kranken durch den Kopf: „Herr, machen

sie sich fertig!

Wo wollen sie begraben seyn?„

Auf einmal wollen sie sich nun zum Himmel

schwingen,

Sie lassen Bußgesänge singen,

Und stammlen matt ein Reimgebet hervor,

Da Blick und Mund schon mit dem Tode

ringen.

Der Priester kömmt, der Küster läuft zu

Chor,

Man bittet in der Kirche vor,

Man will's mit Gnadenmitteln zwingen,

Man schreyt den Segen noch in ihr verschloßnes Ohr;

Umsonst! — Beelzebub weicht nicht vom
Bettgestelle,

So lang der Sterbende noch mit den Zähnen
klappt,

Spreitzt seine Klauen aus, und schnappt

Das arme Seelchen weg, und schleppt es in
die Hölle.„

Erkennst du ihn, Arist, den Satyr,
dessen Witz,

Daß er sein Opfer sichrer fälle,

Aus lichten Wolken bricht, und, rascher, als
der Blitz,

Es trift? erkennest du den Vater der Pü-
celle?

Warum mußt' Er, dem die Natur Genie
Und Gaben aller Art, wie keinem noch, verlieh,

Und dann den Form zerbrach, in den sie ihn
                    gegossen;

Er, die Bewundrung seiner Zeitgenossen,

Und später Nachwelt Stolz; Er, der, mit
                    kühner Hand,

Die Larve dem Betrug, der Wuth den Dolch
                    entwandt;

Er, dem noch dankbar die Geschlechter

Der Calas und der Sirven Weihrauch
                    streun;

Warum mußt' Er sich durch die Schmach
                    entweihn,

Geschworner Feind und giftiger Verächter

Der weisesten Religion zu seyn,

Die über Völker je den milden Scepter
                    streckte?

Warum ward Er, der stets Partheygeist
                    neckte,

Geflissen selbst der Stifter einer Sekte?

O, Freund, voll edlen Zornes schwillt
Das Herz in mir, den Kampf ihm anzu-
тragen.

Schwach ist mein Arm; doch was darf Muth
nicht wagen,

Wann es die gute Sache gilt?

Ich fürchte nicht des Riesen Schattenbild.

Ernst setz' ich, wann er spottet, Sanftheit,
wann er schilt,

Trotz, wann er mich verachtet, ihm entgegen,

Und seinem Schwerd, und seiner Pfeile
Regen —

Der Wahrheit Demantschild.

Kein stolzres Volk, Arist, als jene Rotte,
Mit ihres Meisters Bild geprägt,
Die Eitelkeit zum Zweck und Leidenschaft zum
Gotte

Sich wählt, und alles läugnet, widerlegt,
Verkleinert, lästert, was den Stempel
Der Heiligkeit an seiner Stirne trägt;
Kein feiges Volk, wann nun an ihre Freu=
                                    dentempel
Der Tod mit seiner Sense schlägt.

Du staunst mich an? — Gehässig sind
                                    Exempel.
Sonst wüßt' ich einen Mann (er steht nicht
                                    fern)
Der wenig besser, als die Herrn,
Von Zeit und Zukunft, Höll' und Himmel
                                    dachte,
Und, was die Kirche lehrt, als Schwärme=
                                    rey, verlachte,
Bis ihn Hypochondrie zum Proselyten
                                    machte.

Verbirg mir nicht die Schaam, die dich
verwirrt! —

Wen auf der Wahrheitpfad Erkenntniß wie=
der brachte,

Der liebt sie inniger, als wer sich nie
verirrt. —

Zu blendend ist der Wahn, der dich getäuscht;
die Netze

Die er dir legte, sind zu fein. — Phi=
losophie!

Ihr Name klingt so schön! der Ruf ver=
göttert sie!

Wo flammt nicht ihr Altar? wo gibt sie
nicht Gesetze?

Komm, daß ich sie auf ihrem Thron
Ein wenig näher kennen lerne.
Vielleicht geht's ihr, wie manchem Schutz=
patron;

Er leuchtet herrlich in der Ferne;
Nehmt ihm den Nimbus ab — was
                                    bleibt?
Ein Menschchen, so wie wir — ein Afterbild
                                    vom Sterne,
Das Nachts den Wanderer von Sumpf zu
                                    Sumpfe treibt,
Den Fuhrmann neckt, dem Roß die Mähne
                                    sträubt.

Du bist noch matt, Arist, und ich — ich
                                    plaudre gerne.
Hier sitz' ich schon — schläfst du vom Hö-
                                    ren ein,
So wird uns wenigstens kein Widerspruch
                                    entzweyn.
Oft plaudert so, zu des Vertrauten Pein,
Der Held im Trauerspiel auch scenenlang
                                    allein.

Mit eignen Augen in die Welt zu
gaffen,

Und in der Denkungsart nicht Affen,

Wie in dem Kleiderbrauch, zu seyn;

Sich sein Systemchen selbst zu schaffen;

Des Aberglaubens Träumereyn,

Der Vorurtheile Kindereyn,

Und allen Schulpedantereyn

Auf ewig gute Nacht zu sagen —

Wen nimmt der Vorsatz nicht mit edlem Eifer
ein,

Sich muthig an das Werk zu wagen?

Doch Wahrheit wohnet nicht auf dem ge-
bahnten Weg;

Man muß, der Göttinn Schloß zu finden,

Durch manchen Dornenpfad sich winden,

Muß über manchen schmalen Steg,

Muß auf die steilsten Felsen klimmen;

Da wird zuletzt ein junges Herrchen schwach,

Verlieret die Geduld, und schleichet falschen
                    Stimmen,
Die hier und dort im Walde schallen, nach.
„Was sucht ihr? rufen die Sirenen,
Die Wahrheit ist ein leerer Schall.
Wollt ihr in sichrer Ruhe gähnen,
So glaubet nichts! der Erdenball
Sprang aus des blinden Zufalls Schoose;
Durch eben die Metamorphose
Kehrt er einst in sein Nichts zurück;
Das Leben ist ein Augenblick,
Der Mensch ein Hauch; der Zukunft Lohn
                    und Strafen
Ersann die Politik; hielt', ohne diesen
                    Traum,
Des Pöbels Ungestüm ihr schwacher Arm im
                    Zaum? ·
Des Alterthumes Götter schlafen;
Der Neuern Gott ist ein Gedicht, wie sie;

Der Weise liebt aus Sympathie
Die Tugend, und bedarf nicht knechtischer
Gesetze,
Um edel, groß, ein Menschenfreund zu seyn;
Doch hindert ihn auch kein Verbot, der
Schätze,
Die die Natur ihm beut, sich sorgenlos zu
freun,
Und jeden Augenblick der Sinnenlust zu
weihn.„ —

Der arme Thor! die Lehren kitzeln
Sein stolzes Herz, erhitzen ihm das Blut;
Er schlürft sie ein, geht weiter, faßt sich
Muth,
Auf Kosten eines Spruchs zu witzeln,
Wird angehört, belacht; ihm wächst der
Kamm;
Nun wagt er gar ein Epigramm;

Nun sammelt er die seichtesten Brochüren,

Bey denen Fabrikant und Trödler sich mas=
kiren,

Und London oder Amsterdam,

Und dunkle Motto's, die den Titel zieren,

Verräther dessen sind, was sie im Schilde
führen.

Nun will er selber laboriren,

Gießt ihren Geist in eins, fängt an zu di=
stilliren —

Ach, aber die Phiole springt! da liegt

Des Weisen Stein am Boden, und
verfliegt!

Verdienter Spott lohn' ihm für die verlorne
Mühe!

Dem Jüngling aber, welcher frühe,

Durch's Beyspiel angesteckt, den rechten Pfad
verlor,

Sein unerfahrnes Herz bethören ließ, sein
Ohr

Verführern lieh, dem sey des Mitleids
Zähre,

Dem sey der Wunsch geweiht, daß ihn sein
Gott bekehre!

Er irrt in einem Labyrinth

Voll metaphysischer Sophismen, Hypo-
thesen,

Die noch verworrner, als Mäanders Krüm-
men, sind:

Von unerschaffenem, nothwendig freyem
Wesen,

Von allgemeiner Kraft, von blindem Ohn-
gefähr,

Von todtem Urstoff — ewiger Bewegung.

Im Kampf mit diesem Paradorenheer,

Erlieget ihm die Kraft der Ueberlegung.

Der hält die Welt für Gott; ihm sind der
Mond,

Die Luft, der Pavian, der Baum, die Mar-
morsäule,

Der vierte Heinrich und sein Mörder, alles
Theile

Der Gottheit, die in ihm und um ihn
wohnt.

„Wie thöricht! ruft ein andrer, macht das
Laffen,

Nicht Denkern weiß! Gott ist ein Geist voll
Majestät;

Von Ewigkeit hat er die Welt erschaffen,

Und sitzt auf seinem Thron, der in den Wolken steht,

Und läßt sie gehen — wie sie geht.„

Ein jeder preiset seine Waare,

Will seinem Nachbar in die Haare,

Und schlägt sich selber auf den Mund;

Ein jeder demonstrirt aus einem andern
Grund,

Wie dieser Ball am Firmamente schwebe,

Ihm Sonn' und Mond die rechte Wärme
gebe,

Und sich kein Rad aus seinem Gleise hebe.

Der glaubt, das Feuer sey der Geist,

Der die Natur von Pol zu Pol belebe;

Der spricht: das Wasser ist's! da doch ein
dritter dreist

Der Luft die Kraft ertheilt, und seinen Satz
beweist.

Der malt die Tugend uns, als eine sanfte
Schöne,

Im Schoos der frommen Mutter aufgeblüht,

Voll Grazie, voll Reiz, die ihres Landes
Söhne

Unwiderstehlich an sich zieht;

Die Tugend, der empfindungslose Herzen
Den Anstrich ihres schwarzen Blutes leihn;
Indessen über sie die Hippiasse scherzen,
Und sie als Hirngespinst verschreyn.

„Den Himmel mögen Wolken schwärzen,„
Ruft Epikur, „laß uns stets heiter
seyn.

Denn, wie das Blümchen auf der Aue,
Neigt unser Köpfchen sich, im kühlen Abend:
thaue;
Mein Seelchen, morgen bist du nichts!„

„Nein, Seele,„ ruft, vom Nektar trunken,
Freund Plato, „nein, du bist ein Götter:
funken,
Und kehrst zurück zum Ocean des Lichts!„

Der Jüngling steht, im Widerspruch
versunken.
„Wie glücklich war ich, seufzt er tief,

Wie glücklich, als ich noch im dunkeln Chaos
schlief!

Wie elend nun! — Gibt's eine Gottheit? Rief

Sie mich zum Glück — zum Unglück? Darf
ich wollen?

Bin ich ein Uhrwerk? Rollen

Die Räder unaufhaltsam mit mir hin?

Sind Lieb' und Haß Ausflüsse meiner
Säfte?

Ist's eitle Müh, daß ich, bey jeglichem
Geschäfte,

Bey jedem Schritt, den Blick auf Tugend
hefte,

Und sie zu meiner Führerinn

Erlehe — da des Zufall Eigensinn

Die Bahn mir zeichnete, die ich vom Au-
beginn

Betreten mußte — da, im Buche

B b

Des Schicksals, ich vielleicht zum Bösewicht,
$\qquad$ zum Fluche
Der Menschheit ausersehen bin? —
Ist meine Seele nur ein Sinn,
So stocket, mit der Nerven letztem Zucken,
Auch das Gedankenrad; die taube Masse ruht,
Kehrt in der Schöpfung Ebb' und Flut
Zurück, fängt wieder an unmerklich fortzu:
$\qquad$ rücken —
Ein Wurm — dann eine Pflanze — dann
$\qquad$ ein Thier —
Dann wieder Mensch. Was hülf' es
$\qquad$ mir,
Daß ich, wie Cato, strenge lebte,
Vor Wallungen des Blutes bebte,
Gott suchte, den ich niemals fand? —

Ja, wenn dieß Erdenvolk, so zahllos, als
$\qquad$ der Sand

Am Meer, der Vorsicht vor den Augen
schwebte?

Wenn sie das kleinste Körnchen, mich,
Auch kennte? — Doch was nährst du dich
Mit einem süß beredten Wahne?

Warum verhängte sie Sturm, Fluten, Hunger,
Pest
Und jede Noth, die Thränen uns erpreßt?
Wie duldete sie Krieg und Raubgier, und Chi-
kane?

Wie kämen die Domitiane
Zum Thron der Welt, zum Bettelstab
Der Menschenfreund, der Held zur Krücke?
Wie stürbe, lebenssatt, in ungestörtem Glücke,
Der graue Bösewicht, indeß ein frühes Grab,
In ihrem Lenz, von Kind und Gatten
Die gute Hausfrau trennt? Wie sucht' ich mei-
nen Freund
Schon in dem Aufenthalt der Schatten? —

Doch Ewigkeit! — Ein Licht, das im:
mer scheint!

Ein Tag, der das Verlorne wiederbringet,

Und das Geschiedene vereint,

Und Unrecht ausgleicht, und Verworrenheit
entschlinget! —

Und o, dem Kämpfer, der hier standhaft
ringet,

Die Siegeskrone dort, aus des Vergelters
Hand! —

Wahn, neuer Wahn, so lieblich er auch
klinget!

Ach, zeigt mir erst den Mann, der aus dem
dunkeln Land

Die frohe Botschaft wiederbringet! —

Wo warst du, schwindelnder Ver:
stand? —

Allvater, oder wie der Sphären Jubellieder

Dich nennen, ewiger, gerechter, weiser Geist,

Vergib — hier fall' ich reuig vor dir nieder —

Vergib mir, wenn ich irre! Herr, du weißt,

Ob ich nicht Tugend über alles schätze!

Du zählst die Thränen, in verschwiegner
Nacht,

Mit denen ich mein Lager netze!

Siehst, wie das Herz mir klopft, in deiner
Pracht

Dich zu erkennen! Ach, enthülle

Mir deine Wege! Send' aus deines Lichtes
Fülle

Nur Einen Stral herab, der mir den Ausgang
zeigt

Aus diesem Abgrund von Gedanken! —

Ach, immer dunkler wird's um mich — der
Boden weicht —

Die ungewissen Füsse schwanken —

Unendlicher; erbarme dich der Schranken

Des Endlichen! Nur Einen Stral!„ — Er
schweigt;
Sein Blick erstarrt; die trübe Stirne neigt
Sich zu der Brust; Gehör und Sprache fehlen
Dem Staunenden. Die Krankheit edler
Seelen,
Melancholey, nimmt stündlich in ihm zu.
Für jede Freude todt, nur sinnreich, sich zu
quälen,
Unschlüssig zu verdammen, zu erwählen,
Wirft er Voltairen oder Baylen,
Voll Unmuth, aus der Hand, und findet nir:
gends Ruh.

Auf! eile, Jüngling, in des Oelbergs
Schatten,
Eh deiner Feinde Zahl sich häuft,
Eh deinen Geist Fühllosigkeit ergreift,
Und Muth und Kraft in dir ermatten

Eh die Verzweiflung — Ach! welch Anger

denken faßt

Beym Schopfe mich, wirst mich an eine

Klippe,

Daß das Gebein mir kracht, und meine Wang'

erblaßt?

Nein! Der geliebte Nam' entschlüpfe nie der

Lippe,

Sey heilig meinem Schmerz in dunkler Ein-

samkeit,

Sey von dem Pöbel unentweiht!

Er hat die Ruhe nun, die er gesucht, ge-

funden *) —

Eh die Verzweiflung, die in ihrer Opfer

Wunden

---

*) Beziehung auf einen hofnungsvollen, jungen Mann,
dessen übertriebener Hang zu metaphysischen Speku-
lationen mit Treffsinn und Selbstmord endigte.

Gift, statt des Balsams, gießt, bey zeugen-
                          loser Nacht
Den Dolch dir reicht, und in der schrecklichsten
                          der Stunden
Dich ohne Rettung elend macht. —

Der Vorhang rauscht. — Weh euch!
                          Ich seh die Frucht,
Ihr Neuerer, die euer Beyspiel stiftet;
Jahrhunderte, durch eure Zweifelsucht
Und Spötterey und Tollkühnheit vergiftet.
Ich seh die Bande der Natur
Zerrissen; Redlichkeit im Staube; Unschuld,
                          Ehre,
Verbannt; zertrümmert die Altäre
Der Freundschaft; und gebrochen Pflicht und
                          Schwur.
Ich seh den Untergang der edelsten Ge-
                          schlechter,

Verruchte Väter, Mütter ohne Schaam,
Zu frechen Künsten auferzogne Töchter,
Und Männer ohne Bart, geborne Harems-
                              wächter,
In denen nie der Mann zur Reife kam;
Ich seh die Ruh der schönsten Ehe
Durch einen Lovelace gestört;
Ein junges, schwaches Weib, durch Leiden-
                        schaft bethört,
In einem Augenblick von ihrer Tugend Höhe
Herabgestürzt, in Thränen schwimmen; sehe
Verführter Jungfraun Angst; sie schreyen:
                        Wehe! Wehe!
Und zücken einen Dolch, den Zeugen ihrer
                        Schmach,
An ihrer Brust, im Schlafe, zu durchbohren.
Unwiederbringlich ist ein ganzes Volk ver-
                        loren,
Vertrocknet seine Kraft, als wie ein Regenbach.

Die Tugend flieht, und seufzt noch einmal:
Ach!
Und steigt empor zu ihrer Freunde Chore.
Siegprangend zieht das Laster durch die
Thore,
Und Elend, sein Gefolge, wimmelt nach.
Banditen, Phrynen, Räuber und Gi-
tone
Sind nun ein freyer Staat;
Den Thron entweihn Nerone,
Narcisse den Senat.
Ich sehe Tonnen Golds, wie Schnee im Lenz,
zerrinnen;
Ihr stolzer Herr seufzt in des Kerkers
Staub,
Und seine Sklaven, seine Kupplerinnen
Bewohnen seine Schlösser, theilen seinen
Raub,
Und stoßen seine hülfentblößten Kinder,

Die bleich um Brod nur flehn, mit ihren

Füssen fort.

Der Freund erwürgt den Freund — dort fal-

len beyde, dort —

In jedem Frevel ausgelernte Sünder!

Sie wälzen sich im Blut, und fluchen — flu-

chen sich,

Wie Teufel thun — verzweifeln — sterben. —

Wer brüllt zu meiner Linken fürchterlich

Auf kaltem Stroh? Tod und Verwesung

färben

Schon seine Lippen; Gift, sein letzter Trost,

durchwühlt,

Wie Feuer, sein Gebein; Er aber fühlt

Nicht diese Glut; ihn tödten andre

Qualen;

Furchtbare Hände fahren aus der Wand,

Die seine Thaten all' auf schwarzem Teppich

mahlen;

Er schaudert vor dem Bild zurück — sinkt
an den Rand
Der Ewigkeit — und schaudert wieder. — —
Grausame Phantasie, schwing' endlich dein Ge:
fieder!
Und du, o grauelvolle Gruft,
Schleuß dich vor meinen Blicken wieder! —
Sie flieht. Der Vorhang wallet nieder,
Und die beklommne Brust schöpft wieder fri:
sche Luft.

Wenn ich, in meines Eifers Strenge,
Den Pfuscher in der Kunst, den Meister, der
sie kennt,
Auf einen Augenblick, dem Scheine nach, ver:
menge;
Verzeih es mir, o weises Parlament!
Nein! weil, um zügelfreyen Lüsten
Sich, sorglos, wie das Thier, zu weihn,

Verderbte Menschen sich mit eurem Orden
                              brüsten,
Und mißverstandnen Grübeleyn
Ein tiefgelehrtes Ansehn leihn,
Und vor den Strafen, die verstockten Frevlern
                              dräun,
Sich in die Burg der Allesläugner retten;
Verkenn' ich euren milden Einfluß nicht,
Und Ehrfurcht gegen euch ist meine Lieblings-
                              pflicht.

Allein gesetzt, Adepten hätten
Bis in die Nacht, wo sich sein Quell verliert,
Der Wahrheit Lichte nachgespürt;
Die Knoten, die um unsre Wiegenbetten
Der Wärterinnen Einfalt flicht,
Wie Philipps Sohn, zerhaun; den ersten
                              Unterricht,
Der an uns hängen bleibt, wie Kletten,

Rein von sich abgeschüttelt; hätten

Mit Adlerblicken alles tief durchschaut,

Verschlungen, wiederkäut, verdaut,

Was je auf diesem Erdenrunde

Ein Weiser seinen Zöglingen vertraut;

Und nun auf diesem Felsengrunde

Von Forschungsgeist, Natur= und Völker=
                                    kunde

Sich ihres Denkens Schloß erbaut;

Ist ihre Tugend aufgeklärter,

Ist ihre Redlichkeit bewährter,

Ihr Mitleid thätiger, als unser Mitleid ist?

Sind sie getreure Bürger, beßre Diener,

Im Unglück ruhiger, und in Gefahren
                                    kühner?

Sind sie versöhnlicher im Zwist?

Sind ihnen Weib und Kinder lieber?

Genießen froher sie des Lebens kurze Frist?

Und schlummern sie gelaßener hinüber,

Als, in des Glaubens Arm, der Christ?

Gut mögt' ihr seyn, ihr Herrn, doch besser
bleibet besser;

Held Scipio war groß, Held Gustav
Adolph grösser.

Oft ist das Unglück nur, daß wir uns nicht
verstehn.

Ihr stoßt euch an die Schlacken — Laßt
uns sehn,

Ob in dem Tiegel sich das Gold bewähre!

O, kenntet ihr die reine Lehre,

Rein, wie sie von dem Lehrer ging,

Eh Stolz und Eigennuß mit Lumpen sie
behing,

Du redlicher Jean Jaques, du beissender
Voltaire,

Ihr gäbt ihr heute noch die Ehre,

Und eiltet ihrem Tempel zu!

Wohl dem, Geliebter, deſſen Ruh
Kein Zweifel unterbrach, ſeit, mit der Am-
                        mennahrung,
Er jenen milden Glauben in ſich ſog,
Der ſeine herzlichen Verehrer nie betrog!
Ach, auf dem Pfül der Offenbarung
Schläft's ſich ſo ſanft! — Doch ſchränkt auf
                        Myſtik und Brevier
Sie nicht die Tugend ein, und ſchmeichelt nicht
                        den Sinnen.
Zur Arbeit — ward der Menſch. Sophiſten,
                        wüßtet ihr,
Wie ſchnell die Stunden uns, bey regem Fleiß,
                        entrinnen,
Wie rein die Freuden ſind, die wir durch ihn
                        gewinnen;
Ihr kettetet den Vorwitz an, wie wir!
Treibt euch der Müſſiggang, Phantomen aus-
                        zuſinnen —

Sägt Holz! spornt euch der Hunger — ler=
net spinnen!

Hat sich das Auge dieser Welt,

Durch einen Stoß, vom blinden Chaos
trennen,

Und so den Platz am Himmel nehmen
können,

Daß es uns nicht verzehrt, nur wärmet und
erhellt?

Wer hieß die Millionen Lichter brennen,

Die kühle Ruh und sanften Wiederschein,

Von ihrem Thron, auf unsre Hütten streun?

Und wer gebot dem Mond, die Erde zu be=
gleiten?

Und wer ists, der den Ocean

Bezähmet, daß er nicht aus seinem Ufer
gleiten,

Und uns die Sündflut wiederbringen kann?

Wer hatte Kraft, den Mantel auszubreiten,

C c

Der tausendfarbig über unsrem Haupte fließt,

Des Lenzes Hofnung und des Herbstes Schätze

In seiner Falten Schooß verschließt?

Wer gab dem Wasser und der Luft Gesetze,

Daß keines in das andre sich verlor?

Wer schrieb den Winden ihre Laufbahn vor?

Ist euer Auge blind, verschlossen euer

Ohr,

Daß ihr des Schöpfers noch nicht achtet,

So kehrt in euer Herz zurück!

Vielleicht entdeckt ihn euer Blick,

Wenn ihr euch selbst, vom Wahne frey,

betrachtet.

Der Geist, der in euch wohnt, der nach Un=

sterblichkeit,

Voll unstillbaren Durstes, schmachtet;

Mit zitternder Begier, die Dunkelheit,

Die euch umhüllet, zu durchbrechen trachtet;

Sich muthig in die Wolken schwingt,

Und Klarheit aus der Sonne trinkt;

Der alles um euch her zu eurem Dienste
zwingt,

Und, Herr der Erde, selbst erfindet,

Zusammenträgt, erbaut, verbindet,

Verschönert, umschaft und zerstört;

Der Drang, den euer Herz bey fremdem Leid
empfindet;

Die Wolluft, die ihr oft in stillen Thränen
findet;

Der Schauder, der durch euer Wesen fährt,

Wann eure Jugendstärke schwindet,

Euch Alter oder Krankheit überwindet,

Und ihr den Tritt des Todes hört:

Ach! alle diese Stimmen klagen

Euch Himmelstürmer an; sie zwingen euch, zu
zagen,

Und vor dem Herrn von euren Tagen,

Und allen, was da lebt, anbetend hinzu
knien.

Noch herrlicher erblickt ihr ihn

In Männern, die sein Bild auf ihrer Stirne
tragen,

In Newton und in Antonin.

Ja, lauter, als die Sonnenkreise,

Und der Planetentanz um sie,

Als der Kometen ungemeßne Reise,

Des ganzen großen Baues Harmonie,

Und der Geschöpfe wunderbare Stufen,

Vom Wurme bis zum Behemoth,

Vom Schwamme bis zur Eiche — lauter
rufen

Die Tugend, das Genie: Es ist ein Gott!

Ihr fühlt es; doch um neu, um sonderbar zu
scheinen,

Treibt euch der Stolz, es zu verneinen,

Obgleich das Herz den Lippen widerspricht.

O! lernt erst dieß Gefühl bekämpfen,
Lernt des Gewissens Aufruhr dämpfen,
Sonst seyd ihr Atheisten nicht.

War je ein Mensch, der keine Gottheit
glaubte,
So wußt' er nichts von innerlichem Streit,
Und grübelnder Spitzfindigkeit;
Er schwamm im Strom der Dinge fort, er:
laubte
Sich jeden Wunsch, blieb in der Freude kalt,
Und kalt im Schmerz. Vom heftigen Ver:
langen,
Der Wesen Triebwerk zu umfangen
Und jedes Rad zu sehn, hat nie sein Blut
gewallt;
Vertieft in traurige Chimären,
Schlich er dahin, vom Kitzel fern,
Sie im Marktschreyerton zu lehren,

Und kleine Geister zu bekehren;

Sah ungerührt der Wissenschaften Kern

In Folianten eingetragen,

Die Narren, die sich blähn, und Narren, die

verzagen,

Das Laster auf dem Thron, die Tugend auf

dem Block;

Ihm galt sein Leben, wie sein Rock,

Er zog ihn aus, wenn er ihn drückte;

Kein Kummer nagte, keine Hofnung jückte

Sein welkes Herz; nichts band ihn an die

Welt;

Der goldnen Feyenmärchen müde,

Mit denen sich die Jugend unterhält,

Umgab ihn todtenstiller Friede.

So glomm er langsam weg, erlosch und merkt'

es kaum;

Sein Tod war, wie sein Leben, nur ein

Traum.

Doch, Muse, halt! Zurück in deiner Kräfte Raum!

(Du, Schmetterling, wirst dir den Fittig
sengen!)

Bin ich der Mann, den Unsinn zu ver-
drängen,

Der, von der Seine her, im Strom der
Mode kömmt,

Und unser Deutschland, ungehemmt,

Mit Wörterbüchern und Romanen und Gesängen,

Voll schalen Witzes, überschwemmt?

Umsonst hat Mancher schon entgegen sich ge-
stemmt,

Die Schlüsse umgestürzt, geprüft die Anek-
doten,

Entblößt des Spottes traurige Figur;

Umsonst hat man, weil keine Kur

Gelingen will, Fiskal und Henker aufgeboten.

Die Herrn gefallen sich in der Karrikatur,

Halb Skeptiker und halb Deisten,

Und wissen stets den Weg, sich tiefer einzu-

niften.

Sie lesen nichts, was ihren Kopf beschwert;

Und halten sie's der Müh, es zu durchblättern,

werth,

(Statt Opiums, wann ihnen Schulden-

listen

Durchs Köpfch'n ziehn,) so bringt ihr ausge-

laßner Hohn

Des Deutschen trocknen Ernst, die Opponen-

tenmine,

Den feyerlichen Kanzelton

Gleich parodirend auf die Bühne.

Wir ärgern uns, und schreiben noch einmal;

Logik, Metaphysik, Dogmatik und Moral

Wird ausgekramt; nun glaubt man sie zu

haschen;

Sie drehen sich — weg war der Aal!

Ha! lieber wollt' ich Mohren waschen!

Sprich aber, Freund, was wollen nur

Die philosophischen Despoten?

Vertilget ist der falschen Eifrer Spur,

Die der Vernunft mit Nacht und Fesseln

drohten,

Vertrocknet das vergoßne Blut,

Und ausgelöscht der Scheiterhaufen Glut.

Die orthodoxischen Scholasten,

Die, wie ein Priester, wild, wann Phöbus

in ihm stürmt,

Sich über Dogmen, die sie selbst nicht faßten,

Und über Träumereyn, auf Träumereyn gethürmt,

Zum Aergerniß der Layen haßten,

Sich bis ins Grab verfolgten — ach, sie

rasten,

Tief in des Lethe Strom getaucht!

Der Zinzendorfe Schwindel ist verraucht.

Die Fürsten weiden ihre Nationen,

Als gute Hirten, mit gelindem Stab;

Im Frieden werden wir geboren, wohnen

Im Frieden, sinken friedlich in das Grab.

Kein Bannstrahl aus dem Vatikane

Schreckt die Regenten, keine Kreuzesfahne

Ruft das betrogne Volk von seiner Pflugschaar

ab.

Der Bund, der, wie mit einem Talismane,

Von Rom bis Paraguay der Welt Ge-

setze gab,

Er ist zerstört; die trägern Tagediebe

Fliehn scheu zurück zur Zelle, zum Altar.

Die Priester lehren einen Gott der Liebe,

Und zwingen nicht zum Glaubensformular.

Wer mild und gütig ist, wie einst ihr Meister

war,

O, dem verzeihn sie des warmen Blutes Triebe.

Ruft einer unter ihnen noch:

„Streng ist sein Wille, hart sein Joch,

Und den trift ewig Fluch, der weicht von den

Geboten!„

So spotten selbst die Weisern des Zeloten.

Und dennoch schreyn die aberklugen Herrn

Noch über Wahn und Blindheit, schickten

gern

Ihr Licht zu uns herab, zu uns Lebendig-

todten.

Nein, nein! behaltet nur die Fackel der

Vernunft!

Wir scheuen allzugroße Helle;

Des Glaubens Lämpchen gnügt für unsre kleine

Zelle.

Genug von der Apostelzunft!

Laß uns, mein Freund, den Gott im Stillen

lieben,

Der uns zuerst geliebt, der uns an Kindesstatt
Von Ewigkeit gewählet hat,
Von Ewigkeit uns in sein Herz geschrieben,
Und für ein grenzenloses Glück bestimmt;
Der gern das Schaf, das aus der Irre
                        kehret,
Zur großen Heerde wieder nimmt;
Der sanfte Pflichten nur uns lehret:
Die Mäßigkeit, die durch sich selbst uns
                        lohnt;
Die Menschenliebe, die, (der unsichtbaren
                        Güte
Statthalterinn!) in edlen Seelen wohnt;
Und die Geduld, die, bey zerschlagner Blüte,
Bey Flammenraub, beym Sarg des Sohnes
                      und der Braut,
In die entflohnen Tage schaut,
Und nicht vergißt, daß er, der ungern kränket,
Zum Besten stets die kurzen Leiden lenket;

Und ruhige Genügsamkeit;

Und himmlische Verträglichkeit,

Die dem Beleidiger verzeiht,

Und den nicht haßt, der irrig denket.

Ein guter Gott ist er, dem unerschrockner
Muth

Und eines reinen Herzens Lallen

Mehr, als der jungen Rinder Blut

Und Hekatombenstolz, gefallen;

Dem unbewußt kein Haar von unsrem Haupte fällt;

Der meiner Thaten kleinste kennet,

Und jede Lust, die im Verborgnen brennet,

Und jeden Wind, der meine Seegel schwellt.

Wär' er zu groß, um mich sich zu be-
kümmern,

Ein Gott Homers, der auf dem Ida
schlief,

Indeß aus tiefer Noth das Heer der Teukrer
rief;

Ließ', unter ihres Glückes Trümmern,

Er, ohne Trost, die Unschuld ewig wimmern;

Wo bliebe seine Macht? wo seine Gegenwart?

Hält den Unendlichen im Himmel wer ge-
fangen?

Ist seinem Blick der kleinste Wurm entgangen?

Hat noch ein Mensch unsonst auf ihn geharrt?

Nur fordre nicht, du Thor, daß sich, auf deine Bitte,

Die Ordnung der Natur zerrütte,

Sich aus der Dinge Kett' ein Glied

Verdrehe; daß, erweicht durch eines Schwär-
mers Lied,

Auf dürre Flur der Himmel Regen schütte,

Die Pest verschwinde, die dein Volk verheert;

Und daß der Untergang verschone deine Hütte,

Wenn du sie selbst durch Schwelgerey zerstört!

Nur murre nicht, kurzsichtiger Bewohner
Des kleinsten Punkts, wenn dir ein Plan
mißlingt,
Wenn Undank triumphirt, Verdienst mit Man-
gel ringt,
Wenn, deinem Dünkel nach, der Schoner
Des Frevlers Stolz zu lange trägt!
Was bist du gegen den, der Recht und Unrecht
wägt?
Du siehst dich um — und stirbst! der Wiege
folgt die Bahre!
Ihm ist ein Tag, wie tausend Jahre,
Und tausend Jahre, wie ein Tag.
Er sah den Keim, der in der Erde lag —
Den Baum — den Blitz, der ihn zer-
splittert,
Mit Einem Blick. Der Sturm, der hier ein
ganzes Land
In seinem Mittelpunkt erschüttert,

Bringt dort ein hofnungsloses Schiff zum
Strand.

Vor ihm entwickelt sich, was ungleich und
verschlungen

Hienieden scheint; des Lebens Dämmerungen
Zerfließen ihm in Licht.

Dein Auge folgt dem Flug der Lerche nicht,
Und will bis in den Himmel reichen?

Ein guter Gott ist er, der nicht von mir
begehrt:

Du sollst in finstre Wüsten schleichen,
Von deiner Sündenlast beschwert,
Dich nähren, wie der Stier sich nährt!
Der nicht umsonst so lieblich anzuschauen
Das Weibchen und die Traube schuf;
Der Vater Noah'n den Beruf,
Der Sorgen Gegengift zu brauen,
Und mit den Trieb verlieh, mein Nestchen auch
zu bauen;

Der Vögel für uns singen, Quellen rauschen;
   Auen
In Lenze blühen heißt, und laue Weste wehn;
Ach, der nicht sauer sieht, wann wir mit fri=
   schen Kränzen
Des Frühlings Wiederkehr, der Erndte Fest
   begehn,
Und, unter Liedern, unter Tänzen,
Voll Dankes auf zu seinem Himmel sehn;
Wann wir der Tonkunst Reiz tief in der Seele
   fühlen,
Wann Schweizers Zauber bald den wonne=
   trunknen Geist
Hinüber in das Land beglückter Schatten
   reißt*),
Bald, unsre Phantasie zu kühlen,
Ein Liedchen aus der Jagd von Chloens
   Lippen fleußt;

*) Alceste war um diese Zeit erschienen.

D d

Wann wir, der Arbeit müde, mit Poeten,

Den edlen Söhnen der Natur,

Des Winters Langeweile tödten,

Und, aus Gesundheitsliebe nur,

Die trägen Geister zu erwärmen,

Mit weisen Freunden weise schwärmen;

Jezt, bey der Journalisten Katzenwuth,

Nicht ohne Schadenfreude, kittern;

Und jezt, bey Tobys Layn' und Trimms

L... ... gelaßnem Blut

Das Zwergfell heilsamlich erschüttern:

Denn Lachen schützt vor Spleen, begünstigt

das Verdaun,

Und riß sogar, darf man der Sage traun,

Den Mann, der Narrheit pries, einst

aus des Todes Klaun.*)

*) Anspielung auf die Anekdote von Erasmus Ge-
schwür.

Ein guter Gott ist er, der (wann die
                          Zunft von Götzen *)
Im Schauspiel nichts, als weit und breit
Des Satans Werbhaus, sieht;) den Frevel
                          gern verzeiht
Daß wir uns an Zayrens Leid,
An Werners guter Seel' ergötzen,
Und nicht dem Mann, der unser Herz erfreut,
Für seine Müh, aus Dankbarkeit,
Ein Stülchen in der Hölle setzen.

Wer diesen Gott mir zu entziehn ver=
                          meint,
Sein theures Bild aus meinem Herzen
Mit Pfeilen der Satyre merzen,

*) Der berühmte Orthodox dieses Namens hat sich
selbst, in der bekannten Geschichte mit dem Pastor
Schlosser, an die Spitze der Theaterfeinde
gestellt.

Mich so erleuchten will, der ist mein Feind,
Und, so gelehrt und klug er immer scheint,
Mir ist er nur ein gifterfüllter Schwätzer.

Ich lobe mir gesunden, schlichten Sinn,
Und danke Gott, daß ich kein Grübler bin.
Schlendr' ich auch dann und wann auf einen
Abweg hin,
So sey's mit Nothanker, dem Ketzer,
Und seinen Brüdern in dem Herrn;
Dem nachsichtsvollen, sanften Stern,
Und o! dem guten Wakefielder.
Ich hasse Fanatismus, der uns wilder
Als Kannibalen macht.
Mich schrecken Fabeln nicht, in öder Zellen
Nacht,
Vom blöden Müssiggang erdacht,
Noch von der Barbarey in Holz geschnitzte
Bilder

Des pferdefüßigen Monarchs vom Schwefel-
pful.

Im Dunkel thront des Richters Stul,
Im Dunkel ruhen seine Blitze.
Weh dem, der mit verwegner Hitze
Den Vorhang zu zerreissen wagt;
Den schwarzen Ausfluß seiner Galle
Der Gottheit unterschiebt; mit hohler Stimme
Schalle,
Furcht in die schwächern Seelen jagt;
Und rasch das Urtheil spricht, daß Sokrates,
der Weise,
Der, für die Wahrheit, unverzagt
Begann die ungewisse Reise,
Und Mark Aurel und Titus und
Trajan,
Für ihrer Großmuth goldne Thaten,
Nun ewig an dem Spieß und auf dem Roste
braten,

Weil sie den Stern aus Morgenland nicht
sahn!

Schreyt, wie ihr wollt; mein Herz setzt sich
dawider.

Naturalist, Deist, Papist und Protestant

Sind alle meine lieben Brüder,

Und nur auf den seh ich voll Abscheu nieder,

Der Menschenliebe nie empfand —

Auf euch, die ihr mit Feuer und mit Schwerde,

(Wozu verführst du nicht, verfluchter Durst
nach Gold!)

Die Bürger einer halben Erde,

Geschwinder, als der Donner rollt,

Von ihrem väterlichen Heerde,

Von ihren Tempeln weggeschreckt,

Sie, wie des Waldes Thier', erschlagen,

Mit euren Seuchen, euren Lastern angesteckt,

Und über sie die schrecklichste der Plagen,

Die Sclaverey gebracht!

Ihr habt des Christen Ruhm, mit welchem ihr
euch brüstet,
Zum Fluch der halben Welt gemacht.
Wie werd' ich gegen euch entrüstet,
Wann Schwermuth meinen Geist auf jene Kü-
sten bannt,
Wo ihr mit Menschenblut erkauft, was euch
gelüstet;
Wo Menschen, so wie ihr, mit Thränen nach
dem Land,
Aus dem ihr sie entführtet, schauen,
Mit Thränen eure Felder bauen,
Von Hunger abgezehrt, von Arbeit über-
mannt,
Gespenstern gleich, die Nachts um Gräber
schleichen,
Entkräftet, wund, in ihrem Joche keichen;
Wo für ein Nichts ihr sie auf Foltern
spannt,

Und ihr Geschrey und eurer Peitsche Knall:
Erschrecklich mir von Felsen wiederhallen!

Philosophie — ich hab es schon be=
kannt —
Philosophie laß' ich in ihrer Würde;
Sie zeuget Freyheit, Tugend, Muth; ent=
flammt
Das Herz für Gott, von dem sie stammt;
Erleichtert menschenfreundlich uns die Bürde
Des Lebens; ist ein Quell in dürren Wü=
steneyn;
Der Pharus, dessen sanfter Schein
Mein Schiffchen wahrt, daß es nicht strande.
Entweichet sie aus einem Lande,
So wankt der Thron, und der Monarch
Kann sich durch keine Schweitzer schützen;
So läßt den Doch, den er bisher verbarg,
Der Aberglaube wieder blitzen,

So wird die Freyſtatt der Vernunft — ein
Sarg;

So ſteigen unzählbare Stimmen

Im Schlaf erwürgter Opfer himmelan;

Im blutbedeckten Bette ſchwimmen

Der Säugling und der Mann;

So ſieht das Weib, mit höllifchfrohem
Lächeln,

Des Gatten Scheiterhaufen glühn;

Der Vater hört entzückt des Sohnes Röcheln,

Er tödtete ja Gott zu Ehren ihn;

So ſchleichet, im tartüffiſchen Gewande,

Das Laſter frech, von Haus zu Haus,

Und bringt in die Geſchlechter Zwiſt und
Schande,

Und ſaugt das Mark des Landes aus;

So ſchließen Geld und Geiſſelung die
Thore

Des Himmels auf, und moderndes Gebein

„Befreyt vom Kropf, vom Stein, vom Zip-
          perlein;
So bebt das Volk vor einem Meteore,
Vor einer alten Frau,   vor eines Raben
          Schrey;
Den Landmann treibet Schwärmerey,
Daß er in Wälder flieh', in Mauern sich ver-
          sperre;
Todt liegt der Acker — eine Wüsteney;
Die Wissenschaft wird Barbarey,
Und die Religion — Geplärre.

So jammervoll,   durch Glaubenszwang
          entstellt,
Gehüllt in öde Finsternisse,
Lag Deutschland einst.   Daß aus den Chro-
          nicken der Welt
Ein Genius die schwarzen Blätter risse! —
Doch mit hellglänzendem Panier

Stieg Weisheit wieder von dem Himmel,

Mit ihr der Friede; das Gewimmel

Der Dummheit floh; die Nacht verschwand;

bie Thür

Des Elends wurde zugeriegelt; —

Dank sey ihr, ewig Dank dafür!

Nur wann sie sich vermißt, sich ungezügelt

Ins Meer der Gottheit stürzt, und klügelt,

Wo, tief anbetend, der Verstand

Der Leibnitze, der Haller stille stand,

Wo selbst der Seraph seinen Mund ver=

siegelt —

Wird sie zum Schwerd in eines Narren Hand.

So denk' ich, theurer Freund, und lasse

Die Geister von der höhern Klasse

Den alten Wein aus Rom und Griechenland

Mit ihres Witzes Schaum durchwässern,

Und unsre beste Welt regieren und verbessern.

Auch laß' ich gern den Unverstand,
Wie's ihm beliebt, die Scheidewand
Des Himmels und der Hölle setzen,
Und Erd' und Himmel wider den verhetzen,
Der Spott mit seinen Anathemen treibt.
Mich weiß Apoll und Freundschaft und Ver=
                                        gnügen
Um meine Muße zu betrügen,
Daß zu Sophistereyn und Glaubensritter=
                                        zügen
Kein Viertelstündchen übrig bleibt.
Ich lebe, frey von schwarzen Sorgen,
Gemächlich in den Tag hinein,
Und denke nur am frühen Morgen,
Ihn ganz mit Blumen zu bestreun.
Um mich des Augenblicks zu freun,
Ward mir der Zukunft Nacht verborgen.
Ja, Freund, haushält'risch mit der Zeit
Und mit der Freude karg verfahren,

Genießen die Gelegenheit,

Für trübe Stunden Heiterkeit,

Und Hofnung, wann ein Sturm uns dräut,

Und einen Wunsch für morgen sparen —

Hat keinen Weisen noch gereut.

Und daß ich nicht auf diesem Pfade

wanke,

Verdank' ich Ihm, dem ich mein Leben

danke.

Ach, welch ein Mann! Voll Menschenfreund=

lichkeit,

Voll ächter, deutscher Redlichkeit!

Ihm gleich zu seyn — welch ein Gedanke!

Froh that er seine Pflicht, und fürchtete nur

Gott,

Und dient' ihm ohne Falsch, und haßte frechen

Spott.

Ein guter Vater, liebevoller Gatte,

War er vergnügt mit seinem Loos,

Im Leiden durch Geduld, im Glück durch

Demuth groß;

Und fand, wann er die Last des Tags getragen

hatte,

Den süßten Lohn in treuer Freundschaft

Schoos,

Und im Genuße häuslichstiller Freuden,

Die das Geräusch der großen Häuser meiden.

Ach, meine Brust bleibt ewig sein Altar!

Sein Beyspiel, das mich früh zu gutem Muth

gewöhnte,

Heil ihm, daß er's mit einem Tode krönte,

Der lehrreich, wie sein Leben war!

Ihn schreckte nicht die steigende Gefahr;

Sein Auge lächelte, da seine Lippe stöhnte,

Und schon Zerstörung ihm durch jede Nerve

drang.

„Ich gehe, sprach er, meiner Väter Gang;

Was weinet ihr, wann ich mich freue?„ —

Weg mit der Feder! — Fließt, ihr Thränen,

fließt aufs neue! —

Und, daß ich nie sein edles Bild entweihe,

Erinnrung, stell' es mir so treu, so täuschend

wahr,

Als es mich jez umschwebt, auf jedem Schrit:

te dar! — —

Wann auch mein Stundenglas gemach zum

Ende rinnet;

Die Ewigkeit vor meinen Blicken tagt,

Das schreckliche Verhör beginnet,

Dem der verborgenste Gedanke nicht ent:

rinnet —

Und dann kein Fluch verführter Unschuld mich

verklagt,

Kein Haß in meinem Busen lodert,

Kein Mündel seiner Väter Schweiß, kein
Freund .

Das anvertraute Pfand von meinen Händen
fodert,

Noch über mich des Armen Wittwe weint;

Wann der Gedank an mitvergoßne Thränen,

An einen Wassertrunk, dem Dürstenden
gereicht,

Allein mir übrig bleibt, indeß, vom Tod ver-
scheucht,

Der eitlen Freuden Chor auf immer von mir
weicht;

Wann meines Lebens bunte Sçenen,

Mit Schwachheit nur und Irrthum aus-
gefüllt,

Des Vaters Lieb' in ihren Schleyer hüllt,

Des Vaters, der durch Reue sich versöhnen;

Und Gnade gern für Recht ergehen läßt;

Wann um mein Ohr der Freundschaft Seufzer
tönen,

Und ihre Hand nicht meine Hand verläßt —

Soll ich dann noch vor Menschendrohung
zittern,

Und meiner Augenblicke Rest
Durch selbstgemachte Furcht verbittern?

Das gebe deine Huld nicht zu,
Du liebevoller Quell der Ruh!

Erhöre mein Gebet, das mit dem Dank der
Biene,

Das mit der Lerche Lied sich himmelan erhebt;

Verleih, daß diese leidende Maschine
Dem Geist, der immer aufwärts strebt
Und wieder niedersinkt und an dem Boden
klebt,

Zu einem sanften Kerker diene,

E e

Bis ihn dein Ruf zu deinem Thron-
hebt!

Geliebter, dessen holde Miene
Stilllächelnd mir vor Augen schwebt,
Wann sich mein Geist, von Traurigkeit
durchbebt,
Mit seinen Schlummernden begräbt;
Du, der itzt unter Engeln lebt,
Zu gut für eine Welt, wo zartgeschaffnen
Seelen,
Die, Mißtrau'ns unbewußt, oft nach dem
Scheine wählen,
Auf jedem Tritt die Falschheit Netze webt,
Und eine Gruft für ihre Treue gräbt —
Mein Seebach,*) der mich unter seinen
Füßen

*) Er starb 1773. als Hofmeister zu Göttingen, seinen
Freunden, wegen seines Herzens, unvergeßlich.

Verlaſſen irren ſieht — komm dann herab;
geſchwebt,

Den letzten Kampf mir zu verſüſſen,

Zu ſtärken den erſchöpften Geiſt

Und ihn, wann er ſich los von ſeinen Banden
reißt,

Mit Siegesliedern zu begrüſſen.

CVI.

Die Flucht der Jugend.

1 7 8 6.

Von Pol zu Pole schallt die Klage:
Zu schnell verblühn des Menschen Tage;
Zu früh verläßt ihn Laun' und Scherz;
Mit jedem Pulsschlag wird er älter;
Mit jedem Pulsschlag wird das Herz
Empfänglicher für Sorg' und Schmerz,
Und für den Reiz der Freude kälter.

So klag' ich auch.   Geflohn, geflohn
Ist auch von mir die Jugend schon.

Ach, ich Betrogner, hielt', im Traume,
Mit Gouvernantenängstlichkeit,
Den Flüchtling noch am Mantelsaume;
Da war er schon — wer weiß, wie weit?
Nimm, weil der Liebe heißes Sehnen
Dich nicht zurückbringt, nimm die Thränen
Des frommen Dankes zum Geleit!
Dein Abschied hüllet mich in Leid,
Ganz elend soll er mich nicht machen:
Ich leb' in der Vergangenheit.

O Jugend, süße Trunkenheit!
O Blüte des Gefühls! Erwachen
Vom Pflanzenleben zum Genuß!
Wie der Geliebten erster Kuß,
Tränkst du die Seele mit Entzücken,
Daß vor den schwärmerischen Blicken

Die Welt im Rosenlichte schwimmt;
Ein Park, wo Frühling ewig webet,
Wo, von der Freude Hauch belebet,
Die ganze Schöpfung jauchzt und schwebet,
Wo jedes Herz mit unsrem stimmt,
Und Theil an unsrer Wonne nimmt.

Von dieser Feerey geblendet,
Dünkt für ein Glück, das nimmer endet,
Der stolze Jüngling sich bestimmt.
Zwar wallen bald auf seinen Wegen,
Vom Oby bis zum Tajostrand,
Das Elend und der Unbestand
In tausend Bildern ihm entgegen,
Und rufen laut ihm zu: „Du Thor!
Einst fällt auch dir, spät oder frühe,
Das Loos der Menschheit, Gram und Mühe."
Doch lauter schallen in sein Ohr
Der Wollust süße Melodieen:

„Genieße, weil die Jahre fliehen,

Genieße, was Natur dir beut!„

Er folgt, gewiegt in Sicherheit,

Wohin die Zaubertöne locken,

Bis ihn, im schnellen Flug, die Zeit

Aus seinem Traume weckt. Erschrocken

Fährt er nun auf. — Der Garten flieht;

Entflohen sind die Freudengruppen;

Verstummt der Schöpfung Jubellied.

Wie weint das Kind um seine Puppen!

Er sieht die Menschen weit und breit,

Getrennt durch Geiz und Eitelkeit,

Gleich Heerden, die ein Sturm zerstreut,

Auf unzählbaren Pfaden irren;

Hört strenger Pflichten Fesseln klirren,

Und Klagen durch die Lüfte schwirren;

Und seufzt: Zu früh entschlüpftes Glück,

O Lenz, o Jugend, komm zurück!

Da kömmt die Tochter der Erfahrung,
Die Weisheit, vom Olymp gesandt,
Und reicht ihm freundschaftlich die Hand;
Erzählt (denn mit des Schmerzes Nahrung
Fängt stets ein kluger Tröster an)
Ihm manchen rührenden Roman,
Wie Freude mit dem Menschen spiele,
Wie viele sich auf oder Bahn,
Gleich ihm, von ihr verlassen sahn;
Und hat sie gütlich seinem Wahn
Geschmeichelt, und sein Blut gekühlet,
So fährt sie fort, den leeren Platz
In seinem Herzen zu beklagen,
Und wagt's, sich selbst ihm, zum Ersatz
Der falschen Freundinn, anzutragen.

Ach, für ein Mädchen, anmuthreich,
Wie Hebe, schelmisch, wie Dione,
An Muth und Feuer Amazone,

Denkt, für ein solches Mädchen, euch
Ein Ding — halb Mann und halb Matrone!

Was ist zu thun? Auf öder Bahn
Schlöss' ein verirrter Wandersmann
Sich selbst an einen Pavian.
Und Dame Weisheit ist gesellig,
Und führet gern das Wort allein.
Ihr nicht einmal das Ohr zu leihn,
Das wär' auch mehr, als ungefällig!

Wahr ist's, sie spricht, wie Cicero,
Und medisirt, wie eine Nonne.
Ihr glaubt ihr, spräche sie: „die Sonne
Geht rückwärts, wie ein Krebs, und Stroh
Ist seiner Gaumen höchste Wonne."
Das weiß der listige Tyrann,
Und ihr Triumph ist, wo sie kann,
Das Herz durch die Vernunft zu hetzen,
Und sich an dieser Jagd zu letzen.

Auch mir hat sie so manchen Plan
Verrückt, so manchen süßen Wahn
Verleidet, ach, so manchen Cötzen,
Voll Schadenfreude, mir zerstört,
Und doch — wenn ich mich ernstlich prüfe —
Nur unvollkommen mich bekehrt.
Oft seufz' ich aus des Herzens Tiefe:
O, hätt' ich nie ihr zugehört!

Kenntnisse tauscht' ich — für Gefühle,
Schwermüth'gen Ernst — für frohe Spiele,
Für neidenswerthe Träumereyn —
Wahrheiten, die mich kränken, ein.

Der Schmetterling, der bald zur Rose,
Bald zum bescheidnen Veilchen flog,
Bald selbst aus Krokus Nektar sog,
(O, traurige Metamorphose!)
Jetzt irrt er, kalt und freudenleer,

Im schönsten Blumenbeet einher.

Wer zählte vormals meine Liebchen?

Ein blaues Aug', ein Wangengrübchen,

Ein freyes Haar, ein frischer Mund,

Oft nur ein Aermchen, weiß und rund,

Oft nur ein schlaugeworfner Schleyer —

Und Seladon ging auf in Feuer!

Ich brannt', und schmachtete, und stritt,

Und wünschte viel, und hoffte wenig,

Und heischte nichts — froh, wie ein König,

Wenn meine Spröde mich nur litt;

Und sah, bey unberauschten Sinnen,

Auf jedem Kanapee — Göttinnen,

Auf jeder Bühne — Vestalinnen;

Und weh dem, der mir widersprach!

Jetzt weh mir selbst erwachtem Thoren!

Seit mir den Staar die Weisheit stach,

Seit ihre Lehren in den Ohren

Mir gellen — ach, erfror mein Blut,
Kein Gift erzürnter Ehemänner,
Kein Spott erfahrner Weiberkenner
Weckt meinen Donquichottenmuth.

Die Maske fällt — weg ist der Engel —
Ich seh' das Weib und seine Mängel.

Ich sehe, wie Koketterie
Sich in Armidens schlauen Künsten
Vorm Spiegel übt; ich sehe sie
Verächtlich schüchternen Verdiensten
Den Rücken kehren, und ihr Ohr,
Mit Wohlgefallen, bunter Gecken
Süßlallendem Geschwätze recken;
Ich seh' in siebenfachen Flor
Gehüllte, kühne Buhlerinnen
Mit Tugendstolz sich blähn; ich seh'
Auf Liebestrug Dianen sinnen,
Und ihres keuschen Busens Schnee
Im Arm Endymions zerrinnen.

Verzeih, bezauberndes Geschlecht!
Zwar meinen Augen zu gefallen,
Hat Schönheit immer noch das Recht;
Doch selbst der Schönsten Pfeile prallen
Stumpf von mir ab, wenn nicht Verstand
(Und selten ist dieß Freundschaftsband!)
Den Arm ihr führt, den Bogen spannt.
Ich schwör' auf deiner Tugend Adel,
Doch glaub' ich, daß in unsrer Zeit,
Wo reger Eifer weit und breit,
Vom Sehrohr an, bis tief zur Nadel,
Den Schatz der Wissenschaften mehrt —
Sich keine Feste mehr zehn Jahre,
Wie einst das alte Troja, wehrt.

Tief sank, ihr Herrn, auch euer Werth,
Seit ich des Bildes Trug erfahre,
Das ich mir sonst von Euch entwarf;
Und seit, für meine Ruh zu scharf,

Mein Blick, durch Nimbus und durch Nebel,
Den Geck, den Bösewicht, den Pöbel
Im Purpur und im Fries entdeckt.
Habt ihr nicht selbst mich aus dem Frieden
Der rohen Einfalt aufgeschreckt?
Ach, gleich verscheuchten Tauben, schieden
Von meiner Seite Zuversicht
Auf Wort und Handschlag und Gesicht,
Und Glaub' an Duldung und Erbarmen.
Mein armes Herz kann länger nicht
Für euch, wie sonst, in Lieb' erwarmen.
Thorheiten wollt' ich euch verzeihn;
Wo ist ein Weiser ohne Schwächen?
Doch seh' ich, Thorheit zum Verbrechen
Ausarten; seh' ich, Phantaseyn
Der Eitelkeit, des Müssigganges
Euch mit Vernunft und Pflicht entzweyn,
Und eures Glückes Umsturz dräun;
Dann bleibt mein Herz des edlen Dranges

Kaum Meister; mit verwegner Hand,
Die Geißel, die einst Rom empfand,
Hohnlächelnd über euch zu schwingen,
Und zur Erkenntniß euch zu zwingen.
Und seh' ich, wie ihr oft Talent
Im Keim erstickt, Verdienst verkennt,
Genie verläumdet, Tugend neidet;
Wie ihr partheyisch Recht entscheidet;
Wie ihr die Unschuld darben laßt,
Indessen thierisch, im Pallast,
Ihr stolzer Unterdrücker weidet ——
Rasch möcht' ich dann, mit meinem Spleen,
Wie Timon, in die Wälder fliehn.

 Lebt wohl! behaltet eure Feste,
Wo Langeweile nur die Gäste
Am Drat der Etikette zieht;
Wo man, des schwachen Kopfs zu schonen,
Zur Kartenunterhaltung flieht,
Und um ein Nichts bald friert, bald glüht.

Als spielte man um Millionen;

Wo Politik die Worte mißt,

Und Wohlstand kaum erlaubt zu lächeln,

Doch fein den Nachbar durchzuhecheln,

Das Meisterstück des Witzes ist.

Wetteifert, ruhmbekrönte Zecher,

Wetteifert um die Zahl der Becher,

Und um des feinsten Schmeckers Rang!

Befriediget der Wollust Hang,

In Arme feiler Buhlerinnen!

Sucht bey Musik und Paukenschall

Erholung für betäubte Sinnen!

Fahrt, reitet, fliegt von Ball zu Ball,

Dem Ueberdrusse zu entrinnen,

Der gähnend euch zur Seite schleicht,

Wie Euer Schatten, euch begleitet,

Und mit euch fährt, und tanzt, und reitet!

Jagt das Vergnügen, das euch fleucht

Dem Hirsche gleich, den ihr erreicht/

Wann er dem Tod entgegenkeucht —
Ach, das Vergnügen zu erreichen,
Könnt ihr euch selbst zu Tode keuchen!

Wer folgt, voll edler Sympathie,
Wer folgt mir in die Wälder? — Wie?
Sehn' ich vergebens mich nach Seelen,
Die Ruhe für Getümmel wählen?
Auf, meine Freunde! — Wo sind die?
Ach, Zeit und Weltbrauch schliff den Stempel
Der Treue bey den Meisten ab;
Der nahm ein Weib, der rannt' im Trab
Nach Famens, nach Fortunens Tempel,
Und stolpert' auf dem Weg in's Grab;
Die Wenigen, die mir noch blieben,
Trennt eine weite Kluft von mir.

Wohlan! begleitet ihr mich, ihr,
Seit mein Gefühl begann, die lieben
Gespielen meiner Einsamkeit,

F f

O Musen! Wer sich euch geweiht,
Dem kränzt mit Rosen sich die Zeit,
Dem folgen Ruh' und Heiterkeit,
Ob ihn sein Schicksal zu den Wilden,
An Zembla's nebelvollen Strand,
In Zara's unwirthbaren Sand,
Und auf des Atlas Gipfel bannt.
Kommt, helft, auf einsamen Gefilden,
Das Ideal der besten Welt
Mir, zum Ersatz der wahren, bilden!

Wie? hat auch eurer Freuden milden
Genuß die Weisheit mir vergällt?
Schloß sie mein Herz in eine Rinde,
Daß ich, dem sonst, bey Harfenklang,
Gefühl durch alle Nerven drang,
Nicht diesen Zauber mehr empfinde;
Daß ich ihn nur noch im Gesang
Der edlen Barden wiederfinde,

Die schon mit Lorbern sich das Haar
Umschlangen, als ich Knabe war,
Die Tag und Nacht in euren Hallen
Ich hörte, denen nachzulallen
Des Jünglings frommer Ehrgeiz war? —
Wo bin ich? Was für Töne schallen?
Aus eurem Tempe steigt's empor.
Wer wandelte die Nachtigallen
In Uhus — in ein Finkenchor? —
Ist eure Kunst so tief gefallen?
Verstimmte Laune mir das Ohr,
Daß die Manier der jüngern Meister
Mir altem Schüler oft mißfällt,
Und daß, indeß ein Jeder dreister,
Als Harlekin, zur Schau sich stellt,
Mein Katalog der schönen Geister
Kaum eine Viertelseite hält? —
Der Stolz, mit dem die große Welt
Des Witzes Meisterstücke richtet,

Die Vaterlandsvergessenheit,

Mit der sie stets den Vorzugsstreit

Der Gallier und Deutschen schlichtet,

Und o! das unverdiente Gift,

Das oft, nach hergebrachter Weise,

Den Mann, der ihrem kleinen Kreise

Am nächsten wohnt, vor andern trift —

Wie that mir's wehe! Jede Wunde,

Die, auf des Dichters erstem Flug,

Oft nur im Anfall böser Stunde,

Ein kalter Recensent ihm schlug —

Sie ging mir durch das Herz. Ich dachte:

Wenn auch Horazens Genius

Und Pop's Gefühl in mir erwachte,

Doch würd' ich nie ein Kritikus!

Die Herren kennen kein Behagen,

Als ewig Fehler aufzujagen. —

Jetzt bin ich selbst mit Lob so karg,

Als ein geborner Aristarch.

Hier fehlt die Feile, dort die Scheere,

Dem Einen Salz, dem Andern Kraft,

Bald ist der Ausdruck pöbelhaft,

Bald gränzt er an des Unsinns Sphäre.

Wortüppigkeit, Gedankenleere —

Das ist der Modeschriften Geist.

Indeß der Dichter sich zerreißt,

Im Trauerspiel, durch Blut und Leichen,

Des Schreckens Gipfel zu erreichen,

Bringt Langeweile mich zur Ruh,

So laut auch Schlacht und Donner krachen;

Mich kitzeln muß ich, um zu lachen,

So lustig gehts im Lustspiel zu.

Einförmigkeit in Schnitt und Wesen,

In Farben, Bildern und Idee'n

Bey Liedern, Oden, Epopee'n,

Als hätt' ich (darf ich's frey gestehn?)

Die Verschen alle schon gelesen,

Die Dramen alle schon gesehn,

Und die Romane? — Guter Himmel!
Wo fing' ich an, wo hört' ich auf
In diesem zahllosen Gewimmel?
Nein! · Wer zur Hälfte seinen Lauf
Vollbracht, versteht sich auf den Kauf
Der Zeit zu gut, als daß er schnöde
Sie mit dem alten Klingklang tödte,
Den, blinkend nur und neugeprägt,
Die Schreibsucht jetzt zu Markte trägt.

Zwar gibt's auch geistige Narcisse.
Doch ferne sey die Eitelkeit,
Daß ich, aus kleinem Handwerksneid,
Der Mitgesellen Kranz zerrisse;
Was hülf' es der Vermessenheit,
Mir meines eignen Ruhms Trophäen
Auf fremden Trümmern zu erhöhen?
Der Nachwelt ziemt das Richteramt.
Kopeyen und Originale

Wägt sie auf unbescholtner Schale;
Von ihrem weisen Tribunale
Gilt kein Appel mehr an Kabale;
Vergessen bleibt, wen sie verdammt,
Und hätt', in seines Städtchens Gasse,
Auf ihn, als Geist der ersten Klasse,
Einst jeder Finger hingezeigt,
Und, mit dem Stammbuch in den Händen,
Ein Kennerschwarm, von allen Enden
Herströmend, sich vor ihm gebeugt.

Vernehmt, daß ich auf dem Parnasse
Längst jedes Anspruchs mich begab!
Längst starb ich schon dem Kitzel ab,
In Almanachen und Journalen
Mit meiner Ader Fruchtbarkeit,
Und witziger Unwissenheit,
Zu kluger Leser Pein, zu pralen.
Längst fesselt eine Göttinn mich,

Der keine je an Milde glich;

O, daß sie mancher Scribler kennte!

Einst lebt', im alten Griechenland,

Ein Weiser, durch sein Faß bekannt,

Den nichts von ihrer Liebe trennte —

Preis ihr, der Göttinn Farniente! *)

Ihr Blumenleser, athemlos

Mögt ihr am Helikone streifen;

Ich ruhe sanft in ihrem Schoos.

Aufträge, Fragen, Briefe häufen

Auf meinem Tische sich zum Berg;

Und meine Trägheit ist — ein Zwerg,

Der sich ihn zu erklettern scheuet.

Selbst wann, der langen Schuld bewußt,

Die Freundschaft noch ein Fünkchen Lust

*) Die Apotheose dieser Göttinn ist neuer, als Hederichs mythologisches Wörterbuch, und schreibt sich eigentlich von den Italiänern her, die das Nichtsthun zuerst il divino far niente genannt haben.

Zur Schreiberey in mir erneuet,
Was kömmt heraus? Der Kopf ist dumpf,
Die Dinte blaß, die Feder stumpf,
Und unvollendet bleibt der Rumpf.

Von nun an fliehn auch diese Sorgen
Den Glücklichen, der, tief verborgen
In unbesuchter Wälder Nacht,
Der Welt, und ihrer eitlen Pracht,
Und ihrer eitlen Mühe lacht.

Du Weibchen nach der alten Mode,
Die du mir Treue bis zum Tode,
Am festlichen Altar, versprachst,
Und deiner Schwüre keinen brachst;
Du folgst mir ohne Widerstreben,
Um dort, wie hier, nur mir zu leben,
Und, mit vereinter Wachsamkeit,
Die Pfänder unsrer Zärtlichkeit

Nach Rousseau's Lehren zu erziehen.

Schon seh ich sie, wie Rosen, blühen;

Schon hör' ich ihren Lobgesang,

Daß sie des guten Tones Zwang',

Und selbstgemachter Pflichten Drang',

Und der Verführung goldnen Schlingen,

Am elterlichen Arm, entgingen.

Auf, ihr Geliebten! — Was? sie stehn

Versteinert, ächzen bang, und flehn,

Mit nassem Blick und Händeringen,

Mir die verhaßte Sympathie

Der Wälder aus dem Kopf zu bringen,

Weil Freyheit und Philosophie

Vor grausen Wettern, wilden Stürmen

Im kalten Norden nicht beschirmen;

Weil Moos, vom Regen durchgebeizt,

Zur Nachtzeit leicht den Schnuppen reizt,

Und Kräuter, Wurzeln, Blätter, Eicheln

Verwöhnten Gaumen wenig schmeicheln.

Ach, diesen Bitten, diesem Streicheln,
Wer kann ihm grausam widerstehn? —
Wohl! euer Wille soll geschehn.
Allein ich will, seit diesem Tage,
(Bequemet euch zu dem Vertrage!)
Nicht Menschen hören oder sehn;
Will täglich, zur gerechten Buße
Für meine Jugend: Reimereyn,
Irrthümer, Possen, Tändeleyn,
Mit Aktenstaube mich bestreun,
Und, in den Stunden meiner Muße,
Schulmeister meiner Kinder seyn. — —

Du lachst des trotzigen Entschlusses?
Du siehst in diesem Scheidebrief
Nur Spuren zärtlichen Verdrusses,
Von dem gepeitscht die Feder lief?
O, Weisheit, ja! Was soll ich's läugnen?
Noch wird's dem bangen Herzen schwer,

Sich deinem strengen Dienst zu eignen;
Noch ist die ganze Welt ihm leer;
Noch folgt mein Blick, in dunkler Ferne,
Der Jugend magischen Laterne.

Ich bin des Fuchses Ebenbild,
Der Trauben, die zu hoch ihm hangen;
Um sein vergebliches Verlangen
Schlau zu bemänteln, sauer schilt.

Mein Spott ist eitler Sehnsucht Rache;
Ich höhne Freuden, die mich fliehn;
Mich sanft von ihnen abzuziehn,
Das, Göttinn, das ist deine Sache.
Was muß ich thun? — —

„Die Wahrheit, Sohn;
Zurück in dein Gedächtniß rufen,
Daß eitle Spiele nur dich flohn;
Daß die Natur auf allen Stufen
Des Lebens Blumen sprießen heißt,
Die der zufriedne Pilger pflücket,

Die ungesehn der Thor zerknicket,

Weil in die Weite bald sein Geist

Unruhig streift, bald rückwärts blicket.

Mein Dienst, (aus Irrthum schmähst du

ihn;

Lern' ihn von nun an besser fassen!)

Wann lehrt' er dich die Menschheit hassen,

Dich ihren Pflichten stolz entziehn

Und freudenscheu die Welt verlassen?

Ich fodre nur der Freuden Tausch;

Ein jedes Alter hat die seinen.

Der Jüngling schwärm' in Paphos Hainen;

Der Ehrgeiz sey des Mannes Rausch.

Doch ring' er nicht nach eitlen Kränzen;

Zu oft sind sie des Zufalls Spiel.

Nein! still zu schaffen, nicht zu glänzen,

Ist meines Zöglings edles Ziel;

Hier, wo nur Früchte seines Schweißes

Das Feld dem muntern Pflüger bringt,

Wo um die Are nur des Fleißes
Sich Leben und Gesundheit schwingt,
Ist ihm kein Wirkungskreis zu enge.
Er sät, und pflanzt, und baut, und stützt,
Erleuchtet, hütet, bessert, nützt,
Und blickt mitleidig auf die Menge,
Die von der Gunst des Glückes zehrt,
Und, was sie nicht gefüllet, leert.
Er lächelt, wann in kleinen Geistern
Der Unfug tobt, die Welt zu meistern,
Und ihre Mängel zu verschreyn,
Um sich, durch Charlatanereyn,
Zu Sittenärzten zu erheben,
Und ihrem Theriak den Schein
Verborgner Wunderkraft zu geben.
Im unverrückten Gleichgewicht,
Sieht er hier Schatten, und dort Licht
Vom hohen Himmel niederschweben,
Und Hitz' und Frost und Still' und Sturm

Im steten Wechseltanze ziehen,

Und ewigjung die Erde blühen,

Indeß vom Menschen bis zum Wurm

Die Lebenden vorüberfliehen.

So sieht er Wahrheit mit Betrug

Und Tugend mit dem Laster kriegen,

Und stets, in zweifelhaftem Flug,

Den Sieg bald hin bald her sich wiegen.

Schauplatz und Spiel bleibt einerley;

Die Puppen nur sind immer neu.

Er suchet keine Grandisone,

Er nimmt die Männer, wie sie sind,

Und ist für Schwächen lieber blind,

Als daß er nicht des Schwachen schone,

Und in den Weibern sieht sein Hohn

Nicht Automaten, noch Sirenen.

Stets ist sein Herz der Schönheit Thron,

Wenn Tugend und Verstand sie krönen.

Und flieget gleich das Herz nicht mehr

Der Larve des Gefühls entgegen;

Weiß es den Freund vom Schmeichlerheer

Zu sichten, und Verdienst zu wägen;

So hängt es jetzt auch inniger,

Als jemals, an geprüfter Treue,

An ungeschminkter Redlichkeit,

An reizender Bescheidenheit;

Und seinen neuen Bund entweiht

Kein Mißtraun mehr und keine Reue.

Im Schoos der Freundschaft und Natur

Legt er der Sorgen Bürde nieder,

Und kehrt, wie durch den Thau die Flur,

Erquickt, zu seinen Pflichten wieder.

Einst wart ihr nur sein Zeitvertreib —

Sein Mädchen; jetzt sucht er, o Musen,

Rath, Lehre, Trost an eurem Busen;

Jetzt liebt er euch, als wie sein Weib.

Doch hängt die jugendliche Leyer

Nicht ewig stumm und abgespannt;

Oft reißt er wieder sie, im Feuer
Der ersten Liebe, von der Wand;
Und singt der Tugend Seelenfrieden
Und alle Freuden, die zum Lohn
Die guten Götter ihr beschieden;
Und ihren Feinden spricht er Hohn.„— —

Halt ein! du fällst ins Deklamiren;
Halt, liebe Weisheit, wir verlieren
Bey deinem Redefluß die Zeit.
Was soll mir (daß ich unsern Streit
Durch dieß verbrauchte Gleichniß kürze!)
Ein Mahl, voll Ueberfluß und Kunst?
Mir eckelt vor der Speisen Dunst,
Und Hunger nur ist ihre Würze.
Den Mann, dem Gicht und Podagra
Die Schnellkraft seiner Glieder rauben,
Den ladest du zum Ball, in Lauben
Von Rosen und Akazia;

G g

Und preisest schwärmerisch dem Tauben
Den Zauber der Harmonika!

Spleen streut auf alles gelbe Schatten;
Ihm wandeln sich die Lilien
Von Huisums in Nasturzien,
Und Coypels Amors in Mulatten.
Spleen ist's, der mir am Herzen nagt,
Und jeder heitern Ueberlegung,
Und jeder angenehmen Regung
Den Eingang, als Despot, versagt.
So schmachtet, abgezehrt von Kummer,
Ein Leidender im Fieberschlummer;
Verlassen hat ihn jede Kraft;
Die Freundschaft wecket ihn vergebens;
Schwach hört er sie, und träumt erschlafft,
Daß er, voll ängstlichen Bestrebens,
Sich ihrem Ruf entgegenrafft.

Ermuntre mich mit deinem Strale!
Vernichte dieses Ungefühl!
Beflügle meinen Geist! dann male
Mir deine hohen Ideale!
Dann zeige mir den Preis am Ziel!

Ja, Weisheit, mache mich erst weiser!
Wo nicht — gib seine Kartenhäuser
Dem Knaben wieder! gib die Zeit
Der ersten Unerfahrenheit,
Die Zeit, da Leichtsinn mein Gefährte,
Sorglosigkeit mein Führer war;
Der Stunden Flug, da mir ein Jahr
Kaum eines Tages Länge währte;
Da, was mir fehlt', ich nicht begehrte,
Da, was ich hatt', ich ganz genoß;
Da die Natur mich Reime lehrte,
Empfindung mir vom Herzen floß;

Die goldnen Träume, die Schimären
Von Menschenwerth und Erdenglück;
Selbst meine Seufzer, meine Zähren —
O gib sie alle mir zurück!

Verbesserungen.

Seite 5. Zeile 7. Nach verirrt ein Comma.

— 8. — 10. Nach ringen ein Comma.

— 116. — 13. Zu dem Ort, statt zu den Ort.

— 119. — 3. Fehlt dem Worte flöh der Apostroph.

— 120. — 4. ist's, für ist.

— 123. — 2. Nach Tönen ein Comma.

— 143. — 12. Nach vermißt ein Apostroph.

— 151. — 6. Nach zernagt ein Comma.

— 152. — 10. In ers fehlt der Apostroph, so wie

— 155. — 14. in merkts.

— 156. — 4. Nach fest ein Semicolon.

— 186. — 3. Nach Sonne ein —.

— 192. — 5. In bins fehlt der Apostroph.

— 229. — 2. von unten; Statt zu Genuß, lese man: zum Genuß.

— 250. — 5. Hygea statt Higya.

— 256. — 8. Göttinn statt Göttin.

— 271. — 14. Jünglinge voll Geist, statt von Geist.